ANDREA KARIMÉ

JONNY HIMMELBLAU

UND DAS GEHEIMNIS VON SCHWEIGER

Mit Bildern von Franziska Walther

DIX VERLAG

Für Timo Bechtel und Jonas Keitel

MIX
Papier aus verantwortungsvollen Quellen
FSC www.fsc.org
FSC® C083411

Unser gesamtes lieferbares Programm und
viele ergänzende Informationen unter:
www.dix-verlag.de

ISBN 978-3-941651-69-2

Illustrationen: Franziska Walther
Einbandgestaltung: SEHEN IST GOLD®
Gestaltung und Satz: fototypo, Berlin
Druck und Bindung: CPI books GmbH
Printed in Germany

ANDREA KARIMÉ

JONNY HIMMELBLAU
UND DAS GEHEIMNIS VON SCHWEIGER

DIX VERLAG

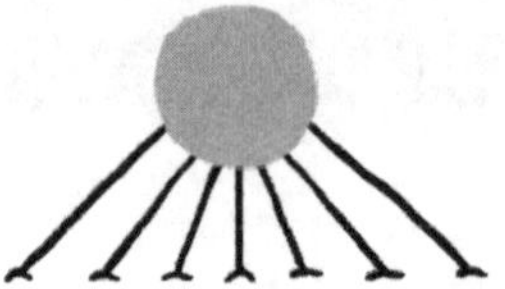

Der Tag war grau und feucht wie Spucke. Es regnete leicht. Ich saß allein auf dem Bett meines besten Freundes Schweiger und hielt einen Brief in der Hand. Ich hatte ihn unter seinem Bett gefunden, nachdem ich in sein Zimmer eingebrochen war. Noch nie zuvor habe ich so etwas getan. Niemals wollte ich so etwas tun. Einbrechen, schnüffeln – und schon gar nicht bei Schweiger. Aber ich musste herausfinden, wo er steckte. Warum er abgehauen war und meinem Vater auch noch den Zitronenwagen gestohlen hatte. Der Brief war mit Füller geschrieben. In schönster arabischer Schrift.

Liebe Mutter, bald werde ich dreizehn. Und das vielleicht im Gefängnis. Denn ich habe was Schlimmes getan. Noch kann ich es nicht einmal aufschreiben. Das Schlimme ist sooo schlimm, dass ich von Zuhause weglaufen musste. Bitte verzeih mir. Alle nennen mich nur noch Klobige Prinzessin. Daran ist nur sie schuld. Meine Stiefmutter. Ich bin ein ägyptisches Mädchen ohne Busen, und nun habe ich auch keine Zukunft mehr. Wohin soll ich gehen?

Deine Tochter Aische

Betreten guckte ich auf das Blatt. Der Brief war vor einem Jahr geschrieben worden. Und er war gar nicht an Schweiger gerichtet. Sondern an eine Mutter. Manche der Wörter machten mich nervös. Vor allem Busen und Gefängnis. Ich fühlte mich wie der Tag: grau und spuckig.

Woher hatte Schweiger diesen Brief? Und warum lag er unter seinem Bett? Daneben lag noch ein Päckchen. Aber ich hatte genug geschnüffelt. Der eine Brief genügte mir. Das, was sich nun in mir ausbreitete, nenne ich Grübelkummer! Ich klopfte an meinen Kopf. Oft rutschte dann ein Gedanke los und ich kapierte. Diesmal aber half es nicht. Alles, was mein Denkschädel nun dachte, wusste ich schon: Die Klobige Prinzessin war das verschwundene Mädchen, von dem ich in der Schule gehört hatte. Der Brief war der Beweis, dass Schweiger in diese Geschichte verwickelt war. Nur wie?

Ich bin übrigens Junis, den die Welt und vor allem Schweiger, mein bester Freund, Jonny Himmelblau nennt, und jetzt beginne ich noch mal ganz von vorn. Nämlich an dem Abend, als ich merkte, dass mit Schweiger etwas nicht stimmte.

5000£
5000!

Kairo vor der Revolution
Im Winter

Kapitel 1, in dem eine Klobige Prinzessin auf einem Papierflugzeug angeflogen kam und mein bester Freund Schweiger sich seltsam benahm

Der Abend war bonbonrosa, als das Unglück begann. Zumindest war das die Farbe des Himmels über meiner Stadt Kairo. Und die Farbe der Häuser und Straßen. Und die Farbe des Staubs in der Luft. Durch dieses rosa Staublicht zog nun der Gesang, der meinen Vater in die Moschee zum Abendgebet rief.

Das war meine Zeit! Die Zeit, meinen Freund Schweiger heimlich zu treffen.

Ich hatte gerade den Esel gebürstet, der den ganzen Nachmittag unseren Zitronenwagen gezogen hatte, und wollte nun ins Haus, um mir die Hände zu waschen. Doch da begann das Unglück schon. Meine Mutter stellte sich mir in den Weg.

„Wie siehst du eigentlich aus, Junis? Wieso wird man beim Zitronenverkaufen so schmutzig? Und was ist mit deinen Haaren los? Kann sich ein zwölfjähriger Junge nicht sauberhalten?“

Sie nahm meinen Kopf in ihre Hände, die sich wie Zangen anfühlten, und prüfte ihn.

„Mutter, ich muss los!“, sagte ich genervt und versuchte mich zu befreien. Die Zangenfinger verstärkten ihren Druck und drehten meinen Kopf nach unten.

„Moment mal! Erst sagst du mir, warum deine Haare so lang sind? Hat der Herrgott eine schwarze Wiese auf dir gesät? Und warum kleben die so?“

Das rote Kleid meiner Mutter drückte sich gegen meine Nase. Wiese? So ’n Quatsch! Diese Frisur war die Extraspezialfrisur für Jonny Himmelblau, und ich machte sie mir selbst! Zuerst rieb ich Zuckerwasser in meine Haare, dann kämmte ich sie hoch und stellte sie auf. Jede Strähne einzeln. Alle zwei Tage tat ich das. Für dieses Kunstwerk hatte ich hinter dem Haus unter Steinen eine Spiegelscherbe versteckt. Ich schaute rein, und dann zog ich Strähne für Strähne hoch. Fertig war die Nagelbrettfrisur.

„Mutter, das ist die beste Frisur von Kairo. Selbst der Prinz von Jordanien trägt sie so! Gott hat's gesehen, ich verkaufe damit viel mehr Zitronen!"

Ich wusste eigentlich nicht, wie der Prinz von Jordanien seine Haare trug, aber Prinzen und Könige beeindruckten doch jeden.

Die Zangen öffneten sich.

„Wirklich? Und ist der Prinz von Jordanien auch so dreckig wie du? Und redet er auch wie ein Wasserfall?"

Kopfschüttelnd drehte sich meine Mutter um und schlug die Hand dreimal gegen ihr weißes Kopftuch.

Mit dem Wasserfall hatte sie Recht. Ich nannte das Wörterwasserfall. Wenn ich ihn brauchte, sagte ich meiner Zunge Bescheid, und los ging's. Die Wörter sprudelten dann wie von selbst aus mir heraus.

Ich schaute an mir runter und stellte fest, wirklich ziemlich dreckig zu sein. Meine Hände glänzten schwarz und fettig, in meinem grauen Hemd war ein Loch, und die einzige Jeans am Saum fleckig. Ausgerechnet die Jeans! Ein Geschenk meines Freundes Schweiger. Ich hätte mir die nie leisten können, aber Schweiger verdiente bei der Apothekerin ja Geld.

Ich ging zum Waschbecken.

„Ist ja schon gut, ich reinige die Sachen nachher!", sagte ich zu meiner Mutter und wusch mir die Hände.

„Und *ich* schneide dir spätestens morgen die Haare!"

Genervt verließ ich unser pfeffergraues Haus.

So war es immer. Meine Mutter hatte so viel zu tun, dass sie meine Frisur selten bemerkte, aber wenn, dann war dies ein Todesurteil.

Zu Schweiger nahm ich meistens den Geheimgang hinter den Häusern. Der führte über zwei Mauern zwischen Parkplätzen bis zu einem sehr hohen Zaun aus Holz. Darunter hatte Schweiger ein Loch gegraben, exakt so groß, dass ich mich unbemerkt in den Garten der Apothekerin robben konnte.

Schweiger konnte fast alles: allein im Taxi fahren, Geld verdienen, Tiere retten, Gänge bauen, schweigen. Vor allem das Letzte konnte ich gar nicht gut. Meine Zunge war immer in Bewegung.

Schweiger wohnte im Parterre, ganz allein, im Haus der Apothekerin. Eltern hatte er keine mehr. Und auch sonst keine Familie. Er war einige Zeit im Heim aufgewachsen und dann zur Apothekerin gekommen.

Im Garten der Apothekerin quatschten wir und versorgten Tiere, die wir verletzt auf der Straße fanden. Wir behandelten sie mit Verbandsmaterial und Medikamenten aus der Apotheke, die Schweiger uns dafür besorgte. In Kairo gibt es viele Straßentiere in Not. Denn die meisten Leute hier hassen Straßentiere. Mein Vater zum Beispiel. Oder meine Klassenkameraden.

Ich setzte mich auf unseren riesigen Lieblingsbaum, die Tamarinde, die die beiden oberen Stockwerke des Apotheker-Hauses fast verdeckte, und wartete. Schweigers grüne Fensterläden waren wie immer verschlossen. Um diese Zeit kaufte er meistens für die Apothekerin ein. Dazu fuhr er mit einem Taxi in den Supermarkt nach *Zamalek*. Vormittags kümmerte er sich um den Garten. In die Schule ging er nicht, wie viele Kinder in unserer Gegend. Aber er war der einzige Junge, den ich kannte, der Taxi fuhr.

Bei uns in Kairo ging es nämlich so: Arme gab's und Reiche. Reiche Jungen fuhren Taxi oder hatten einen Chauffeur. Selbst die Hunde der Reichen fuhren Taxi. Die armen Jungen mussten laufen. Ganz selten nahm mein Vater mal ein Taxi, dann aber ein schwarz-weißes, das besonders billig war. Schweiger nahm immer ein teures, weißes Taxi, und das bezahlte die reiche Apothekerin.

Da hörte ich einen Wagen vor der Tür halten. Das Gartentor knackte. Schweiger erschien auf der Bildfläche. Lang und dünn wie eine Bambusstange mit Sonnenbrille und Kappe und Kapuzenjacke. Um seine Jeans war ein dicker Gürtel geschlungen. Es war schon klar, dass die sonst runterrutschte. In beiden Händen hatte er Tüten, die er nun vor der Haustür abstellte.

„Hi, Schweiger! Alles im Lot?“, fragte ich.

Schweiger hob den Kopf. „Jonny Himmelblau!“, sagte er wie immer zur Begrüßung und nickte mir zu. Das

Gesicht wie üblich verschlossen, wie die Fensterläden zu seinem Zimmer. Nur der rechte Mundwinkel zuckte. Seine Art zu lächeln.

Schweiger nannte mich übrigens deshalb Jonny Himmelblau, weil er fand, dass ich das Blaue vom Himmel herunterreden konnte. Ich mochte den Namen, und er passte. Meine Augen waren blau, und ich mochte den blauen Himmel. Der selten war, bei uns in Kairo. Meistens war er grau und staubig.

Schweiger schob die Haustür auf, griff nach den Tüten und ging ins Haus. Ich wusste, er würde gleich zurückkommen.

Allmählich kleckerte richtiges Rot in den Garten, auch über die Arme der Tamarinde.

Zwei Hauptäste hatte die Tamarinde, einen für mich und einen für Schweiger. Sie waren nackt und grau, erst auf Höhe vom ersten Stock begann das Laub. Genau vor der Wohnung der Apothekerin, die nie in den Garten ging.

In der Tamarinde dachten wir nach. Jeden Abend. Gedankenspaziergänge nannte Schweiger das. Von Schweiger hatte ich viel über Gedanken gelernt. Sie konnten helfen, Probleme zu lösen, oder waren einfach nur schön. Gedanken konnten leicht sein wie ein Vogel oder schwer wie Wasser. Sie konnten ein Garten im Kopf sein, fliegen und verschwinden wie ein Traum. Oder für immer Platz nehmen. Im Kopf oder im Herzen.

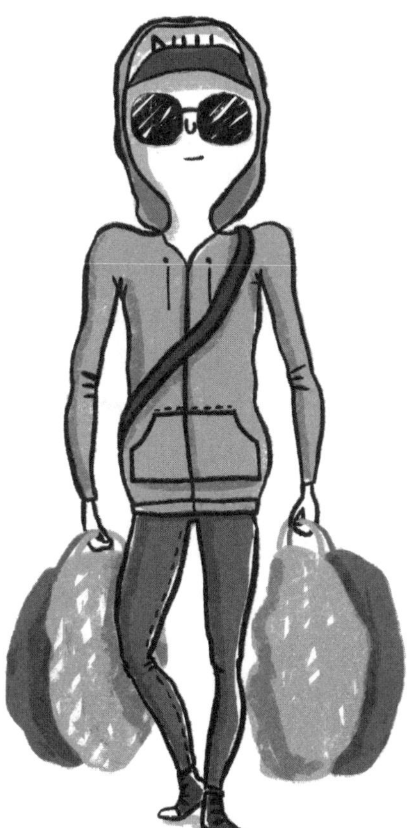

Da hörte ich eine Katze über mir miauen. Als ich nach ihr schaute, sprang sie neben mich. „Na, wieder gesund?" Ich streichelte ihren gestreiften Rücken. Diese Katze war einmal unsere Patientin. Ihr Schwanz war damals verletzt, und sie wäre überhaupt fast gestorben, aber dank der Medikamente der Apothekerin hatte sie überlebt. Nun streifte sie wieder durch Kairos mörderischen Verkehr und kam ab und zu vorbei.

Schweiger tauchte hinter mir auf, und die Katze schnurrte zur Begrüßung. Wie immer hatte ich ihn nicht gehört. Manchmal denke ich, Schweiger besteht nur aus Federn oder aus allem anderen, nur nicht aus Gewicht.

„Hi, Schweiger, wieder viel geschuftet?"

Schweiger schnalzte mit der Zunge, was so viel bedeutete wie: „Es gibt Schlimmeres!" Er nahm seine Sonnenbrille ab. Seine Expertensonnenbrille! Rund und glänzend wie zwei Autospiegel.

„Schau mal, ich glaube, der Katze hier geht es richtig gut!", sagte ich.

Schweiger nickte wieder und setzte sich auf den zweiten Hauptast der Tamarinde. Gemeinsam schauten wir zu, wie sich die Katze mit der Zunge das Fell putzte.

Da segelte ein Papierflugzeug an unseren Nasen vorbei.

„Weichlingpest, Post für dich!"

Gelächter.

Die Stimmen kamen von der Straße. Ich kannte sie gut. Und sie meinten mich!

„Ahmad, mal wieder!“, sagte ich und schaute das Postflugzeug misstrauisch an.

Von Ahmad kam nie Gutes.

„Kannst du nicht mehr reden, Weichlingpest?“ Ihre Stimmen wurden leiser.

Ahmad war der Sohn des Büglers aus meiner Straße. Er und seine Kumpanen nannten mich immer Weichlingpest, weil ich nie bei der Spatzenjagd mitmachte. Sie fingen sie entweder mit der bloßen Hand oder trafen sie mit Steinen ab.

Das war nichts für mich. Sowieso war seit dem Tod meiner Schwester mein Herz wie ein Pfirsich, weich und leicht einzudrücken.

Schweiger hatte sich auf seinen Ast gestellt und rief in die Straße hinein: „Macht euch weg, sonst furze ich euch runter in die Hölle!“

Typisch Schweiger. Er redete den ganzen Tag nicht, aber wenn es etwas zu fluchen gab, gab seine Zunge Gas.

„Luftruderer, hast du deine Mami geholt?“, riefen die anderen mit entfernter Stimme zurück.

Sie sagten das, weil ich mit den Händen beim Gehen oft nach Gleichgewicht schnappte. Weil mir gelegentlich schwindelig war. Was daran lag, dass ich auf dem rechten Ohr taub war.

„Söhne eines Joghurts seid ihr, sonst nichts!“, konterte Schweiger.

Lachend rutschte ich vom Ast und hob die Post auf. Das Papierflugzeug war graubraun gefleckt, wie angebrannt. Auf der rechten Tragfläche stand der hässliche Name für mich: „Weichlingpest“. Ich faltete den Flieger auseinander. Da war eine Nachricht. Ich las laut vor: „Kommst du mit, die Klobige Prinzessin suchen, tauber Luftruderer? Oder bist du zu feige?“

Schweiger machte einen Satz. Baumabwärts. Er stand nun dicht vor mir. Seine Augen waren vom Sonnenuntergangslicht rot geworden.

„Was ist los?“, fragte ich und kratzte mit der linken Hand über mein langes graues Hemd.

„Was wisst ihr über *sie*?“, zischte Schweiger und setzte seine Sonnenbrille wieder auf. Ich sah mich in den silbernen Spiegeln. Verzerrt wie eine Comicfigur mit Riesenaugen und offenem Mund.

„Über wen?“

Alarmzeichen schossen in mein Gesicht. Schweiger klang wütend.

„Über die Klobige Prinzessin!“

Irgendetwas stimmte hier nicht.

Ein Schwall Wörter kam mir zu Hilfe. „Unsere Lehrerin hat uns von dem reichen Mädchen erzählt. Sie soll von Zuhause weggelaufen sein und der, der sie findet, bekommt fünftausend Pfund, verstehst du? Fünftausend! Und Ahmad will sie jetzt suchen! Was ist, kennst du sie etwa?“

Die Lehrerin hatte noch mehr gesagt. Fast eine Million Kinder aus Kairo liefen von Zuhause weg und lebten auf der Straße. Manche würden von Banden aufgegriffen und verkauft. Eine Million, das waren mehr als Taxis in Kairo. Das alles hatte ich Schweiger eigentlich noch erzählen wollen, aber die Stimmung sagte: Vorsicht, Jonny!

Schweiger antwortete nicht. Er fischte nach einem Kaugummi in seiner Hosentasche.

Ich knüllte den Brief oder besser gesagt das Briefflugzeug zusammen und warf den Klumpen zu Boden. Dann stieg ich wieder auf die Tamarinde. Ich machte einen weiteren Versuch.

„Ich frage mich, warum bleibt ein reiches Mädchen nicht zu Hause? Wenn ich reich wäre ...“

„Geld ist nicht alles!“, bellte Schweiger und zog seine Kapuze auf.

„Geld kann immerhin Leben retten“, sagte ich nun wütend.

So leicht kam er nicht davon. Meine Schwester Muna war tot, weil mein Vater den Arzt nicht hatte bezahlen können. Sie hatte Fieber und irgendetwas Gefährliches gehabt.

„Wenn wir Geld gehabt hätten, wäre Muna noch am Leben ...“

Schweiger war wieder in die Tamarinde geklettert und trat nun gegen meinen Ast. Ich schlingerte. Die Katze jaulte auf und sprang vom Baum.

„Spinnst du? Pass auf, Mann!“, schrie ich und hielt mich mit dem rechten Arm fest. Was war denn mit Schweiger los? Ich sah der Katze hinterher, die in den Gebüschen verschwand.

„Wenn du noch einmal von diesem Mädchen sprichst, bist du nicht mehr mein Freund!“, sagte Schweiger mit chilischarfer Stimme und nahm seine Sonnenbrille ab, um mir in die Augen zu gucken. Ich konnte aber nichts mehr erkennen. Der Garten wurde langsam schwarz. Ich sprang vom Baum und hielt mir die Hand auf den Brustkorb. Mein Herz machte so lauten Krach, dass eigentlich jeder es hätte hören müssen.

Schweiger hatte noch nie so viel geredet. Noch nie hatte er mir gedroht.

Ich starrte auf den Papierkorb vor der Bank mitten im Garten. Fixierte mein Knüllwerk Papierflugzeug. Mit den Fingerkuppen klopfte ich gegen meine Stirn, weil ich verstehen wollte. Was zum Teufel hatte Schweiger mit der Klobigen Prinzessin zu tun?

Nach einer Weile bemerkte ich, dass Schweiger gar nicht mehr im Baum saß. Wie war er so leise weg?

Die Luft um mich war wie Schmirgelpapier. Ich rutschte wieder runter und schaute auf Schweigers Fensterläden. Oben klingelte das Telefon der Apothekerin. Hinter dem grünen Fensterladen im Parterre hörte ich, dass Schweiger seinen Kühlschrank öffnete.

Mir fiel alles Schlimme ein. Der Tod. Muna. Aber auch wie Schweiger mich gerettet hatte, als Ahmad und die anderen auf mir gelegen und mich geschlagen hatten. So war er mein Freund geworden.

Allmählich wurde meine Zunge wieder beweglich.

„Schweiger, was ist los?“, rief ich in Richtung Fenster.

Und dann zog ein Gedanke, schnell wie einer der Düsenjets, die manchmal über Kairo herumflogen, in meinen Kopf ein: Schweiger hatte ein Geheimnis vor mir. Und das hatte mit der Klobigen Prinzessin zu tun.

Schwer wie ein ganzer Sack Zitronen schleppte ich mich durch das Gartentörchen in unsere Straße und drei Häuser weiter. Mir war, wie so oft, ein wenig schwindelig, und ich versuchte, mit dem linken Arm das Gleichgewicht zu halten.

Meine Mutter saß mit der Nachbarin vor dem Haus. Unser Haus war eigentlich nur ein Holzschuppen. Mit dünnen Wänden und nur einem Raum, der gleichzeitig Küche, Wohnzimmer und Schlafzimmer war. Ein richtiges Haus war für uns zu teuer.

Mein Vater saß abends meistens bei den Nachbarn auf der anderen Straßenseite. Einer hatte dort eine kleine Teestube mit einem Fernseher. Davor hockten sie bis tief in die Nacht.

Ich wankte ums Haus und setzte mich auf den Boden, zum Esel, der an der Hauswand hockte. Ich umarmte ihn.

„Was hat Schweiger mit der Klobigen Prinzessin zu tun?", fragte ich ihn.

Der Esel schwieg.

Liebe Mutter, ich bin jetzt in Sicherheit. Niemand weiß, was aus mir geworden ist und was ich getan habe. Der Pförtner unseres großen Hauses in Zamalek hat mir geholfen zu fliehen. Er gab mir Kleider. Damit bin ich aus dem Haus geflohen. Ich weiß, Vater wird mir nie verzeihen. Der blinde Sohn des Pförtners, Malik, hat alles Schlimme mitbekommen. Er saß wie immer auf unserer Treppe und hat gelauscht. Er ist der einzige Zeuge meiner schrecklichen Tat. Ich hoffe, dass er mich niemals findet! Warum bist du gestorben? Wenn du noch leben würdest, wäre das alles nicht passiert!

Deine Tochter Aische

Kapitel 2, in dem ich meine nicht vorhandenen Bartstoppeln anflehte und eine Aubergine auf vier Beinen wiederkehrte

Der nächste Morgen war wiedermal spuckegrau, die übliche Winterfarbe meiner Stadt.

Ich erwachte betrübt mit nur einem Gedanken: Was war mit Schweiger los?

Deshalb war mir die Tatsache, dass meine Mutter meine Wehrlosigkeit im Schlaf ausgenutzt und mich kahlgeschoren hatte, beinahe gleichgültig. Aber als ich mich in der Spiegelscherbe betrachtete, war ich doch etwas genervt. Meine Haare, die gestern noch wie schwarze Nägel in die Luft gepiekt hatten, waren verschwunden. Der Spiegel zeigte einen frisch geschorenen Kopf mit Schatten auf der Kopfhaut, wie dunkle Kontinente auf einem Schädelglobus. Monate dauerte es, bis ich mein Haar wieder in ein Nagelbrett verwandeln konnte.

Und noch was zeigte das Spiegelstück unbarmherzig. Glatte, braune Kinderhaut. Nicht einmal eine einzige Bartstoppel.

„Bartstoppeln, ich flehe euch an, tretet endlich in Erscheinung! Jonny Himmelblau wartet auf euch!“, jammerte ich Spiegel-Jonny an.

Ich wollte endlich erwachsen werden. Mein Vater, so war ich überzeugt, würde mich anständiger behandeln, wenn ich mit dichtem, dunklen Bart vor ihm stünde. Respekt hätte der, Respekt!

Ich zog mein nun wieder sauberes, graues Hemd über den Kopf, strich es an der Jeans entlang glatt nach unten. In meiner Brust war immer noch dieser Herzkrach. Wegen Schweiger. Die Scherbe verstaute ich hinter dem Hühnerkäfig und schlüpfte in meine schwarzen Plastiksandalen. Ich atmete tief durch und schob Fuß vor Fuß auf meine Straße, im linken Ohr das Klingeln der Schnallen meiner Schuhe. Mir war bewusst, dass ich schon wieder schwankte. Mein Vater machte sich gerne darüber lustig. „Die schaukelst wie ein Kamel!“, sagte er oft.

Da sah ich Schweiger.

Er saß in einem Taxi mit offenem Fenster und hielt seinen Arm raus. Als er mich sah, hob er kurz die Hand und zog schweigend den rechten Mundwinkel hoch. Schweigers Halbgrinsen.

Mit offenem Mund und lahmer Zunge hob auch ich die Hand zum Gruß. Ich spürte den Herzkrach. Wie würde Schweiger sein, am Abend im Garten?

Mit Durcheinander im Kopf bog ich in die Hauptstraße. Aber an diesem spuckigen Morgen lief ich im Kopf herum anstatt auf der Straße. Ich war zu sehr in Gedanken. Was hatte Schweiger mit der Klobigen Prinzessin zu tun? Meine Augen folgten einem Riss in der Straße an der Tankstelle vorbei.

Das Gedenke konnte auf der völlig überfüllten Straße ohne Bürgersteig lebensgefährlich sein. Und das wurde es dann auch. Plötzlich stieß mich etwas gegen die rechte Seite. Ich stolperte und fiel längs auf den Asphalt, vor einen Saftladen. Süßer Orangensaft zog in meine Nase, und meine Hände brannten. Ein Taxi hatte mich angefahren. Der Fahrer stieg aus und zog an meinem Arm. Gehupe von links und rechts.

„Hey, Junge, weg da! Bist du taub?"

Ich rappelte mich hoch und glotzte auf meine blutenden Hände. Mein Wörterwasserfall kam mir zu Hilfe.

„Was kann ich dafür? Ja, ich bin taub. Hier!" Ich zeigte dem verblüfften Fahrer mein rechtes Ohr. „Ich schwöre, Gott hat's gesehen, wie ich das Gehör verloren habe! Und wo steht Ihr Taxi, mein Herr? Welche Seite ist das? Die rechte! Siehst du? Ich kann nichts dafür! Sagen Sie doch selbst!"

Zum Abschluss meiner wütenden Rede grinste ich sehr breit. Dieses Grinsen hatte ich von meiner Schwester geerbt. Es funktionierte immer!

„Schon gut, schon gut, mein Junge, pass aber in Zukunft besser auf, niemand will so einen netten Jungen tot sehen, verstanden?", sagte der Taxifahrer und stieg zurück ins Auto.

Tot? Ich schüttelte den Kopf. Vom Tod wollte ich nichts hören. Davon hatte ich genug. Wegen meiner Schwester.

Die Schule war meine erste Verspätung an diesem Tag. Meine Lehrerin zog zwar nicht an meinen Ohren, wie mein Vater, moserte aber auch wie ein Profi. Sie behielt mich nach der Schule da, um mir eine Predigt zu halten. Ihre suppenlöffelgroßen Augen konnten rollen und funkeln und alles Mögliche sprühen. Von Zucker bis Pfeffer.

„Warum warst du heute Morgen zu spät, Junis?“

„Sagen Sie doch Jonny zu mir!“, begann ich ein Ablenkungsmanöver und strich über meinen kahlen Schädel.

„Lass das, Junis. Wenn dein Vater hinter der Verspätung steckt, werde ich noch mal mit ihm reden. Es geht nicht, dass du schon morgens arbeiten musst. Du kommst nicht mal jeden Tag!“

Sie griff entschlossen nach ihrem meterlangen, dünnen, schwarzen Zopf und schenkte mir einen Pfefferblick. Dann steckte sie den Zopf in ihre Hosentasche, nur um ihn kurz danach wieder herauszuziehen und nach hinten zu schleudern.

„Bitte nicht kommen! Schauen Sie sich genau meine Ohren an. Sie kennen meinen Vater. Wenn Sie kommen, wird er besonders lang daran ziehen. Ich werd noch Hasenohren ...“

Die Lehrerin schnitt mir das Wort ab und richtete ihren Zopf wie eine Waffe auf mich.

„Es reicht! Aber ich will dir keinen Ärger machen.“ Sie holte ein Buch aus ihrer Tasche und legte es in meine

Hände. „Lies das, wenn du nicht zur Schule kommst.“ Das Buch war in roten Stoff eingeschlagen und kratzte in den Händen. „Arabische Sprichwörter. Und wichtige Zitate von einem unserer bedeutendsten Dichter und Denker. In der ganzen Welt kennt man ihn. Lern sie auswendig. Denk an deinen Traum!“

Mein Traum. Die Lehrerin wusste alles. Ich wollte Tierarzt werden. Und das bedeutete: Schule. Am besten jeden Tag, aber das wollte mein Vater nicht. Er regte sich darüber auf wie ein wütender Esel. „Diese ganze Schule ist Unsinn! Unsereiner wird immer nur Zitronenverkäufer! Du brauchst keine Schule!“ Ich konnte von Glück sagen, dass meine Mutter Zuhause regierte! Deshalb ging ich doch zur Schule, wenn auch nicht jeden Tag.

Wieder zielte die Zopfwaffe der Lehrerin auf mich.

„Hast du mich verstanden?“

„Ich lese es, ich schwöre, Gott hat’s gesehen, jeden Tag werde ich darin lesen. Mein Vater wird sagen: Willst du nur noch Buchstaben essen? Er mag das nicht, aber ich werde es trotzdem ...“

„Es reicht, Junis!“, sagte die Lehrerin, stand auf, ließ den Zopf hängen und verließ den Raum.

Geschafft! Ich stieß eine Atemwolke aus und verstaute das Buch erleichtert in meiner Plastiktüte.

Auf dem Heimweg passierte ich immer einen mageren Baum kurz vor der Hauptstraße. Er stank wie ein Klo, weil fast alle Jungen dranpinkelten. Man musste schnell vorbei, sonst stach einem der Geruch in die Nase wie ein Zahnstocher. Ich sagte mir immer: „Äußerste Konzentration, auf keinen Fall hinriechen.“ Mit geschlossener Nase und geöffneter Ohrmuschel ging ich vorbei.

Vier Jungen standen jetzt da, die Köpfe zusammensteckend wie ein Tintenfisch mit acht Beinen. Ahmad und seine Kumpels. Vor Schreck atmete ich ein. Der Gestank ätzte in meine Nase. Ich schaukelte an ihnen vorbei, ohne sie weiter zu beachten, aber mein Ohr fing das Gequatsche auf.

„Fünftausend Pfund Finderlohn. Wir müssen sie finden. Wir könnten doch zur Polizei gehen oder ihre Eltern suchen, Mann. Wisst ihr schon, dass sie Aische heißt, Aische, die Klobige Prinzessin!"

Ahmad hob lachend den Kopf und bemerkte mich.

„Weichlingpest, Arm runter. Hast du es dir überlegt?"

Er grölte wie unser Esel, und die anderen grölten mit. Jetzt drehte ich mich doch um. In dem Moment pinkelten alle vier gleichzeitig gegen den Baum. Widerlich.

„Mit euch mach ich gar nichts!", erwiderte ich und wankte weg.

Neue Grölgeräusche.

Woher wusste Ahmad das alles? Aische! Sollte ich sie doch suchen? Ich verscheuchte den Gedanken. Diese Klobige Prinzessin brachte nur Ärger.

Der Ruf zum Mittagsgebet flog durch die Luft. Jetzt ging mein Vater in die Moschee, und danach musste ich ihm sein Essen zum Zitronenwagen bringen. Ich seufzte. Es würde noch Stunden dauern, bis ich wieder frei war.

Unser Haus war voller *Koscheri*-Duft. Linsen, Nudeln, Reis und scharfe Soße. Und ein Ei. Ja, ein Ei. Das war etwas Besonderes, denn normalerweise waren sie zu teuer für uns. Seit dem Tod meiner Schwester vor fünf Jahren hielt meine Mutter heimlich Hühner hinter dem Haus. Wegen der Vogelkrankheit hatte der Präsident unseres Landes sie verboten, aber das kümmerte meine Mutter nicht. „Mir stirbt kein Kind mehr!", sagte sie immer wieder. „Für dich gibt's ein Ei – und Hühnersuppe, wenn du krank bist!"

Ich schlang das *Koscheri* in mich hinein, während meine Mutter die Schüssel für den Vater verpackte. Nach dem Essen nahm ich die Tüte mit zur Hauptstraße. Mein Vater wartete in der Nähe der Tankstelle auf dem Zitronenwagen sitzend. Er wedelte mir unfreundlich mit dem Zeigefinger zu. Über seinen Augen dampften wie kleine Kriegsschiffe seine Brauen.

„Was hast du getrieben, he? Soll ich verhungern, oder was? Nichtsnutz von einem Zwerg", krakeelte er und fasste sich an den Turban. Ich hasste das, immer machte er mich fertig. Ok, ich war kleiner als die anderen, deshalb machte ich das mit der Nagelfrisur. Aber Zwerg? Mein Vater sprang vom Wagen und zog an meinen Ohren. An beiden gleichzeitig. Die Kriegsschiffe tobten, sein Atem roch nach Zigarette, und seine beiden Zahnlücken starrten mich an.

„Au!"

„Antworte, Zwerg!"

Fieberhaft suchte ich nach einer Erklärung. Von der Klobigen Prinzessin wollte ich auf keinen Fall etwas sagen. Von der Lehrerin auch nicht. Ich brauchte eine Ausrede.

„Weiß nicht!“, sagte ich deshalb.

Keine günstige Antwort. Mein Vater zischte feucht durch seine Zahnlücken. An meinem linken Ohr hupte schmerzhaft laut ein Taxi vorbei.

„So, dir sind also die Worte mal ausgegangen, ja?“

Meine Ohren brannten, als wären die Finger meines Vaters Streichhölzer.

„Bursche, wenn das noch mal passiert, gehst du nicht mehr in die Schule!“

Elender Schreier und Ohrenbetäuber! Mein Vater nahm immer das richtige Ohr für seine Schimpfschüsse. Aber ich drehte meinen Kopf leicht weg; es wurde leiser. Und die Ausrede kam. Der Wörterwasserfall!

„Ahmad hat mich verfolgt und fast bis *Zamalek* getrieben. Ich war schon auf der Brücke, ich schwöre, deshalb bin ich zu spät! Garantiert, Gott hat's gesehen!“, schrie ich und wünschte mir einen Feuerlöscher, mit dem ich den Ohrenbrand und meinen Vater hätte löschen können.

„Ach, hör auf mit deinen Geschichten! Kein Wunder, dass der Himmel so trüb ist. Du stiehlst ihm ja das ganze Blau mit deinem Gerede. Hast du wieder mit diesem zungenlosen Kauz rumgehangen?“

Er meinte Schweiger.

Eine Kundin kam und rettete mich. Sie stellte ihre Handtasche auf die Zitronen und rief: „Hallo! Ein Kilo Zitronen bitte! Wie lang muss ich denn noch warten?“

Endlich ließ mein Vater los und kletterte auf die Wagenbank zurück. „Mach schon, Junis, wird's bald?"

Irgendwann ziehe ich *dein* Ohr bis Europa, dachte ich wütend und stellte die Tüte mit der Schüssel neben meinen Vater. Ich wischte mir den Schweiß von der Stirn und schaltete auf Verkaufssender. Klick!

„Einen Tag voll Licht wünsche ich, meine Dame! Hier ein Kilo. Beste Zitronen, Zitronen, Zitronen! Kilo fünf *Guineen*. Vielen Dank, meine Dame. Wir haben die besten Zitronen in ganz Kairo, sie duften schon von Weitem! Wenn man sie berührt, duften die Hände, und das vertreibt alle Sorgen!"

Ich dachte mir immer etwas Besonderes aus, und deshalb verkaufte ich auch am allerbesten. Früher war Muna mit auf dem Wagen und hatte den Leuten Geschichten erzählt. Von geflohenen Zitronen und ihren wundersamen Reisen durch die ganze Welt. Ich hatte sie dabei gut beobachtet: Sie steckte die Zitronen in die Tüte, redete die ganze Zeit und fixierte die Leute, als wären ihre Augen magnetisch. Am Schluss lachte sie laut und steckte alle an damit. Jetzt machte ich es genauso. Die Dame mit der Handtasche nahm am Ende sogar zwei Kilo.

Als mein Vater mit dem Essen fertig war, wischte er seine Hände an seinem schwarzen Turban ab und drehte ihn ein klein wenig. Dann verstaute er die Schüssel unter dem Wagensitz.

Ich stellte mich neben ihn und trieb den Esel durch das Viertel.

„Wenn du nicht zu spät gekommen wärst, hätte das Essen deiner Mutter noch besser geschmeckt."

„Die besten Zitronen von Kairo hier! Duftende Zitronen, Zitronen hier!", rief ich und schaute an den gewürzbraunen Häusern hoch. Es gab Zimthäuser, Pfefferhäuser und Muskathäuser, hatte Schweiger mal erklärt. Zumindest der Farbe nach. Manche ragten bis in den wolkengrauen Himmel.

„Träum nicht rum!", motzte mein Vater zwischendurch, wenn wir stehenblieben und verkauften.

Mein Vater war soooo unlogisch! Von den Füßen bis zu seiner Glatze, die bedeckt war von einem Turban, schwarz und speckig wie ein Rattennest. Seit dem Tod meiner Schwester war er so.

Manchmal wollte ich am liebsten weglaufen.

Aber bisher habe ich es nicht getan. Ich wusste auch nicht warum.

„Nutze deine Gedanken, Jonny. In die kann dein Vater nicht reinschauen. Sie sind und bleiben deine Freiheit!", pflegte Schweiger zu sagen, wenn ich mich bei ihm beklagte.

Am Abend traf ich ihn endlich. Er saß oberhalb seines geschlossen Fensters im Tamarindenbaum mit Sonnenbrille und Kapuze und hob die Hand. Eine Weile stand ich einfach nur vor dem Baum. In diesen Tagen lernte ich das Schweigen.

Schweiger starrte schweigend in den Himmel.

Da fiepte es an meinem Fuß. Ich erkannte die kleine Hündin sofort und hockte mich erleichtert zu ihr.

„Hallo! Es ist unmöglich, aber ich glaube du bist's, Aubergine!“, lachte ich ungläubig und nahm sie auf den Arm.

Vor ein paar Wochen hatte ich die schwarze Minihündin mit dem leichten lila Schimmer im Fell in einem Müllhaufen gefunden. Sie hatte in einer verbeulten Dose gesteckt, wie eine Aubergine, und war am Kopf verletzt.

Wir hatten sie verarztet und zwei Wochen behalten. Dann hatte Schweiger sie in ein anderes Stadtviertel gebracht, damit sie uns nicht hinterherlief. Nur, wie um Himmels Willen, hat die Hündin uns wiedergefunden? Die Kleine legte die Ohren an und bellte leise.

„Schweiger, schau dir das mal an! Kommt dir diese Aubergine auf vier Beinen nicht bekannt vor?“

Aubergine versuchte mit der Zunge meine Nasenspitze zu erreichen. Ich drehte mich kichernd weg, und die Zunge landete im Ohr.

„Uaah! Lass das, du freche Aubergine!“

Skeptisch starrte Schweiger runter und nahm die Sonnenbrille ab. „Hm!“, nickte er und sprang vom Baum.

„Erkennst du die Narbe?“ Ich hielt ihm den Hundekopf hin.

Schweiger nickte mit offenem Mund und wühlte in der Hosentasche.

„Wie ist das möglich, Schweiger? Sie ist so klein. Wie kann sie sich in der Riesenstadt Kairo auskennen. Wo sich noch nicht mal ein Mensch richtig auskennt, Mann! Garantiert, Gott hat’s gesehen, oder nicht?“

„Hm!“ Schweiger reichte mir einen Kaugummi.

„Ich verstehe das nicht. Es klingt total komisch, aber ich glaube, die Hündin hat mich gesucht!“

Jetzt lächelte Schweiger.

„Nun ja, es geschehen manchmal Wunder. Du hast ihr das Leben gerettet. Ein dankbarer Hund ist besser als ein undankbarer Mensch“, sagte er.

Dankbarkeit? Ach, so war das! Ich war gerührt. Glücklich stellte ich fest, dass Schweiger wieder ganz der Alte war.

Die Hündin knabberte an meiner Hand, und dann zog sie an meiner Sandale mit der Klingelschnalle.

„He, he“, sagte ich und zog die Sandale aus, damit sie besser damit spielen konnte.

Schweiger zog wieder einen Mundwinkel hoch und seine Kapuze über. Er lief ins Haus und kam mit einer Banane zurück. Ein Stück brach er ab und lockte Aubergine damit. Die machte sich schwanzwedelnd darüber her.

„Kluge kleine Aubergine! Wie hat sie uns bloß wiedergefunden?“

Vielleicht findest du ja auch die Klobige Prinzessin, dachte ich plötzlich. Dann gibt's fünftausend Pfund. Aber ich sagte es natürlich nicht.

Argwöhnisch schielte ich zu Schweiger. Der brach weitere Stücke von der Banane ab. Doch auf einmal bellte die Hündin kurz in die Luft und lief durch das Gartentor hinaus. Mir wurde kalt. Ich hörte die Stimme meines Vaters in der Straße. Schweiger nickte mir zu. Ich nutzte den Geheimgang und betete, dass Aubergine meinem Vater nicht über den Weg laufen würde.

Kapitel 3, in dem Aubergine eine wahrhaftige Glückshündin wurde und ich rein zufällig eine Radiowaffe gegen meinen Vater fand

Schon am nächsten Mittag begegnete ich Aubergine wieder. In der Nähe des Zitronenwagens kam sie unter einem Auto hervor.

„Hallo, Aubergine! Da bist du ja wieder!“, flüsterte ich ungläubig und froh und kniete mich vor sie auf den Boden. Die Minihündin hüpfte auf meine Beine, wie in ein Nest. Völlig unversehrt. Aubergine legte die Ohren an und bellte wieder.

„Psst, sei leise, weißt du eigentlich, was du dir und mir für einen Ärger machen kannst? Mein Vater kann mich jeden Moment sehen. Und glaub mir, dann du musst dich verstecken!“

Kaum ausgesprochen hörte ich die Stimme meines Vaters vom Zitronenwagen herüberschallen.

„Was treibst du da, du Faulpelz?“

Ich ließ die Hündin rasch runter.

„Aubergine, bitte, renn um dein Leben!“, flehte ich.

Einmal hatte ich eine kranke Katze mit nach Hause gebracht.

„Beim Barte des Propheten, wirst du wohl das Viech zurückbringen, oder soll ich es mit meinen eigenen Händen in den Nil werfen? Wir sind froh, dass wir für uns genug zu essen haben, und du bringst uns so eine verlauste Kreatur? Was soll die fressen? Luft? Dein Mittagessen?“

Das zitternde Kätzchen hatte ich damals fest an mich gedrückt. „Ich könnte sie mit Resten füttern, die ich auf der Straße finde. Das kostet nichts!“, hatte ich vorgeschlagen. Aber mein Vater interessierte sich nicht für die Wahrheit. Er machte Gesetze. Gesetz Nummer 1: Ein Tier hatte im Haus nichts zu suchen. Gesetz Nummer 2: Ein Vater musste nichts begründen.

Und dann hatte er das Tier aus meinem Arm gerissen. Ich hatte geheult, weil das nicht anders ging. Mein Herzpfirsich! Ich wusste nicht, was mein Vater mit dem Kätzchen gemacht hatte. Ich habe es nie wiedergefunden.

Aubergine lief los. Ausgerechnet durch die Beine meines Vaters, der vom Zitronenwagen heruntergestiegen war. Ich schaltete meinen Atemapparat kurz auf Pause.

„Junis, Vorsicht, dass die Ratte nicht an unsere Zitronen geht!“

Ratte? Trotz allem Ärger musste ich erleichtert grinsen.

„Seit wann mögen Ratten Zitronen, Vater?“, patzte ich los und sah Aubergine links abbiegen.

Mein Vater drehte sich um und untersuchte den Zitronenwagen, der hinter dem Esel stand.

„Werd nicht frech. An die Arbeit. Na, wird’s bald? Für alles braucht dieser Junge Ewigkeiten!“

Aubergine war verschwunden. Und zu mir kam dieser gute Gedanke: Junis, diese Hündin ist eine Glückshündin. Der Gedanke flog schnell weiter, wie ein ganz leichter Vogel. Ich sollte aber Recht behalten. Die Hündin hatte Glück. Allerdings standen neben diesem Glück einige Haufen Unglück. Vor allem Schweigers Unglück.

Ich war gerade am Zitronenwagen angekommen, da schrie mein Vater wieder.

„Soll ich dir die Ohren ..."

Abrupt hörte er auf. Musik kam vom Zitronenwagen. Der Bügler von gegenüber hatte meinem Vater ein altes Radio geschenkt, das er heute das erste Mal dabei hatte. Und gerade sang es ein Lied von *Umm Kulsum*, der größten Sängerin Ägyptens. Und mein Vater sang mit. „... *Sollen wir vielleicht die Schönheit tadeln* ..." Mein Vater war völlig abgelenkt und schien auf einmal bester Laune. Nachdenklich schaute ich das Radio an. Es hatte Macht über meinen Vater – zumindest, wenn *Umm Kulsum* sang. Es schien ihn freundlich zu stimmen. Er lächelte das Radio an.

Mittlerweile hatte sich eine Schlange von Kunden gebildet. Ich packte Zitronen in die Tüte, erzählte von fliegenden Riesenzitronen, lachte und grinste, war aber die ganze Zeit nicht richtig bei der Sache. Als ob ich auf zwei Straßen gleichzeitig rumschlurfen würde. Ich grübelte noch über das Radio. Es schien meinen Vater zu verzaubern. Das konnte mir vielleicht nützen.

„Was träumst du herum, Nervenzwerg? Hast du nichts zu tun?“, schrie mein Vater plötzlich von der Bank herunter. *Umm Kulsum* hatte aufgehört, und im Radio lief irgendetwas anderes.

„Doch, doch!“, rief ich eilig und bereitete Zitronenbeutel vor. Immer ein Pfund Zitronen in einen Beutel. Warum musste *Umm Kulsum* bloß aufhören?

Plötzlich fiel mir wieder was von Schweiger ein: „Auf irgendeinem Sender läuft sie immer!“ Er hatte *Umm Kulsum* gemeint. Also griff ich nach dem Radio, das neben meinem Vater auf der Bank stand, und drehte am Senderegler.

„Junis, du Hund von einem Sohn, was machst du da?“, schrie mein Vater. Er wollte auf meine Hand hauen. Seine blieb dann aber wie angewurzelt in der Luft. Mein Vater lächelte wieder, begann zu summen und setzte sich hin. „*... Durch dich vergaß ich meine Schmerzen ...*“

Ich hatte tatsächlich ein Lied erwischt. Das war die Entdeckung des Tages. Eine Waffe, mit der ich meinen Vater in Schach halten konnte. Zumindest auf dem Wagen. In meinem Kopf zündete eine Wunderkerze.

An diesem Abend kam Schweiger nicht in den Garten. Ich klopfte an seine Fensterläden, aber nichts regte sich.

Mir fiel auf, dass ich bisher noch nie in Schweigers Zimmer war. Auch hineingeschaut hatte ich noch nie, meistens hatte er die Läden zu.

Ich wartete auf der Tamarinde. Aber Schweiger kam nicht.

Nach etwa einer Stunde schlurfte ich nach Hause. Es war seltsam. Normalerweise wusste ich immer, wo er war. In meinem Kopf düsten alle Sorgen auf einmal los. Schweiger und Aubergine, mein Vater und die Schule, und als ich zu Hause ankam, war mir wieder schwindelig.

Meine Mutter saß mit der Nachbarin vor dem Haus. Mein Vater war wieder in der Teestube.

„Junis, was siehst du bleich aus wie ein Käse? Warte, ich mach dir einen Tee."

Meine Mutter prüfte meine Stirn und brachte mich dann ins Bett. Ich schlürfte den Tee und langsam ging es besser. Ich zog das Gedankenbuch, das die Lehrerin mir gegeben hatte, aus der Hosentasche. Bisher hatte ich noch nicht darin gelesen. „*... Ihr dürft euren Kindern eure Liebe geben, aber nicht eure Gedanken. Sie haben ihre eigenen Gedanken ...*" Ha, richtig, dachte ich, aber mein Vater würde mir was husten. Ich hörte schon seine Antwort, wenn ich ihm sagen würde: „Danke, nein, ich habe meine eigenen Gedanken!" „So hast du das, du Rotzlöffel von einem Zwerg? Hier, das kannst haben: eine eigene Ohrfeige!" Dann würde er mir wahrscheinlich seine Gedanken wie Schläge ins Ohr brüllen. Unser ganzes Haus stand ja bereits voll von dem Gedankengerümpel meines Vaters. Meine eigenen hatte ich unter meinem Bett versteckt. Und da versteckte ich nun auch das Buch, das ein nützliches Gedankenbuch zu sein schien.

Im Traum kam Aubergine vorbei und brachte mir einen Sack voll Gold: fünftausend Münzen. Aber Schweiger drehte mir den Rücken zu. „Du bist nicht mehr mein Freund", sagte er mit einer Stimme aus Eisstückchen.

Liebe Mutter im Himmel, eigentlich bin ich schon bestraft worden. Nachdem ich von Hause abgehauen bin, habe ich zwei Wochen auf der Straße geschlafen. In der ersten Nacht an einer Bushaltestelle. Da war eine blaue Bank aus Metall. Es war eine sehr befahrene Straße, irgendwo im Zentrum von Kairo, ich kannte sie nicht. Als ich gerade einschlafen wollte, spürte ich, wie jemand in meinen Jackentaschen wühlte. „Hey", hab ich gerufen und mich aufgerichtet. Es waren zwei Jungen, so alt wie ich. In Lumpen. Sie versuchten, mich auszurauben. Dann hat mich der eine geschlagen, ins Gesicht. „Wo ist dein Geld?", hat er immer wieder geschrien. Ich spürte wie etwas aus meiner Nase lief. Ich schmeckte Blut. Dann spürte ich einen scharfen Schmerz im Bauch. Ich heulte, und dann kam Licht und der Morgenbus, und sie verschwanden. Sie haben mich getreten wie einen Hund. Vielleicht war das die Strafe.

Deine Tochter Aische

Kapitel 4, in dem ein blinder Mister English auftauchte und ich Schweigers Zitterhand für kurze Zeit auf meiner Schulter spürte

Am nächsten Morgen erwachte ich schweißgebadet mit Schweigers eisstückchenkalter Stimme im Ohr. Ich beschloss, sofort nach ihm zu sehen. Mein Vater lag unter einer Decke auf seiner Matratze und schnarchte.

„Ich geh in die Schule!“, sagte ich leise zu meiner Mutter. Eigentlich war heute der Tag, an dem ich auch schon vormittags mithelfen sollte.

„Hiergeblieben!“, befahl mein Vater mit geschlossenen Augen. „Du verkaufst heute, sonst verlernst du noch wie es geht, Zwerg!“

Ich stellte mich vor die Vaterglatze und begann mit den Verhandlungen. „Ich hab doch gestern so gut verkauft. Könnte ich da nicht ausnahmsweise heute zur Schule?“

„Was willst du? Sollen wir verhungern? Kannst du Zahlen und Buchstaben essen? Wenn es nach mir ginge, würdest du dort überhaupt nicht mehr hingehen, es verdirbt nämlich dein Hirn!“

Typische Unlogik.

Endgültig klappte mein Vater die Augen auf. Er fingerte nach seinem Turban und wickelte ihn so ungeschickt, dass dieser seine Augen verdeckte.

„Verflucht, daran bist nur du schuld, Junis, du Zwerg!“

So endete jede Diskussion, die eigentlich keine Diskussion war.

Meine Mutter ging im melonengrünen Kleid dazwischen und pochte meinem Vater gegen die Stirn.

„Was kann dein Sohn dafür, dass du deinen Turban nicht wickeln kannst? Du hast das Hirn einer Fliege. Lass deinen Sohn zur Schule gehen!“

Doch diesmal nutzte es nichts. Deshalb fuhr ich kurz darauf mit meinem Vater auf dem Zitronenwagen durch den dampfenden Tag. In der Nacht hatte es geregnet. In meinem Kopf waren so schlimme Wolken wie am Himmel. Grau und dicht. Warum war Schweiger am Tag zuvor nicht im Garten gewesen?

Mein Vater meckerte die ganze Zeit.

„Wenn du nicht immer in die Schule müsstest, hätten wir viel mehr Geld. Deiner Lehrerin werd ich eines Tages den Marsch blasen!“

Wie oft er das schon gesagt hatte!

Mein Blick fiel auf das Radio, und ich erinnerte mich an den Trick mit *Umm Kulsum.* Ich stelle das Radio an, um meinen Vater abzustellen, dachte ich grinsend und drehte am Regler, um einen passenden Sender zu finden.

Der Wagen spritzte durch die überschwemmten Straßen. So viel Regen gab es selten in Kairo. Ich war schon total nass und verdreckt. Meine Füße konnte man nicht mehr von den Sandalen unterscheiden, alles verschwand unter einer braunen Schlammkruste. Auf meiner Jeans war ein Dreckspritzmuster. Und den Esel musste ich heute Abend dringend sauber machen.

Umm Kulsum lief wirklich immer irgendwo! Schnell fand ich sie, und mein Vater begann zu singen.

Vor dem riesigen Hotel an der Hauptstraße, kurz vor der Brücke, wurden wir von einem Mann angehalten.

„Kannst du fünf Kilo fertigmachen? Da rein!" Der Mann zeigte auf den Seiteneingang des Hotels.

„Aber natürlich, mein Herr! Der Tag wird immer besser, mein Herr!", sagte mein Vater und sprang vom Wagen. „Du rührst dich nicht von der Stelle, Junis!"

Er lud eine Kiste voll Zitronen ab und verschwand durch den Seiteneingang. Aus Erfahrung wusste ich, dass das Stunden dauern würde. Was genau er immer in diesem Hotel machte, wusste ich nicht. Es war auch besser, nicht nachzufragen.

Ich holte das Gedankenbuch aus der Tasche. „*... All eure Stunden sind Flügel, die durch den Raum schweben – von Ich zu Ich ...*", las ich und trommelte mit meinen Fingern auf meinem Kopf.

Meine Stunden bewegten sich aber gerade gar nicht vorwärts. Etwas kläffte in meine Gedanken hinein. Ich beugte mich vom Wagen und sah Aubergine am linken Vorderrad stehen.

„Aubergine, warte, ich komme!“, rief ich erfreut und kletterte runter. Was für eine schöne Überraschung! Dieser Hund schien mich überall zu finden. Aber da war Aubergine schon wieder entwischt. Sie lief in Richtung Hotel, hielt an, drehte sich um und bellte mir zu.

Und wieder bellte Aubergine, als wollte sie mir bedeuten, ihr zu folgen.

„Warte!“, doch die Hündin war bereits in einem Hauseingang neben dem Hotel verschwunden. Ich hinterher. Neben dem Eingang saßen zwei alte Männer auf Hockern. Vor dem einen kniete ein kleiner Schuhputzer im grauen, langen Hemd. Als ich an ihm vorbeiging, hob er den Kopf, schaute mich aber nicht an. Ich stutzte kurz. Ein Schuhputzerkind mit Sonnenbrille? Dann lief ich durch den Eingang.

„Aubergine, wo bist du?“

Ich stieg Treppen in einem dunklen Hausflur. Immer weiter. Wie viele Stockwerke hatte das Ganze? Und was würde geschehen, wenn mich jemand erwischte? Ich schwitzte und mir war schlecht.

„Warte, Aubergine! Wenn dich jemand schnappt!“

Und dann hörte ich ein Hundeknurren. Das war nicht Aubergine! Das Knurren klang zwar unfreundlich, aber schwach und leise, wie von einem Hund, der in Not war. Vorsichtig nahm ich die nächsten Stufen. Das Knurren wurde lauter.

„Aubergine, wo bist du?“

Plötzlich verstummte das fremde Knurren. Die Stufen gaben ein leichtes Quietschen von sich, als ich den fünften Stock hinter mir ließ. Vom sechsten kam nun das Fiepen von zwei Hunden. Dort angekommen fand ich ein Nachtlager. Eine schmutzige Decke und ein paar Flaschen Wasser. Aubergine thronte fiepend neben etwas, von dem ich erst dachte, es wäre ein Kissen. Aber das war ein Hund. Schwarz wie eine Nacht mit Minimond. Ungefähr fünfmal so dick wie Aubergine, rund wie eine Melone. Um den Hals hatte er ein dickes, rotes Seil, und er fiepte schwach und leise. Seine Pfote war blutig.

„Ruhig, mein Dickerchen, zeig doch mal“, sagte ich und hockte mich zu ihm. Es sah aus, als wäre er in eine Scherbe getreten. Während ich überlegte, wie ich den Hund verarzten konnte, war Aubergines Fiepen plötzlich in leises, drohendes Knurren umgeschlagen. Irgendetwas piekte in meinen Rücken. Ich wollte danach tasten und stieß gegen ein Bein. Jemand stand hinter und über mir. Meine Hand erreichte eine andere Hand, die mir etwas durch mein Hemd drückte. Ein Messer.

Hoch und runter fuhren meine Alarmzeichen. Ich dachte an Muna, und wie sie gestorben war. Mit regentropfengroßen Schweißperlen auf Stirn und Augen, glänzend wie Diamanten. Immer fiel mir Muna ein, wenn ich Gefahr roch.

„Was machst du hier?“, fragte eine drohende Jungenstimme über mir. „Hier hat kein anderer etwas zu suchen! Das ist *mein* Schlafplatz. Und *mein* Hund! *Yesplies*!“

Druck auf dem Messer.

„Ich, äh, ich wollte dem Hund helfen“, stammelte ich und schluckte eine dicke Kugel aus Heulen runter.

Dieses verdammte Pfirsichherz. Der Junge war garantiert jünger als ich, aber umzudrehen traute ich mich nicht. Die Stimme klang unangenehm. Und er hatte das Messer.

Aubergine knurrte und zeigte Zähne. Der verletzte Hund fiepte immer noch leise.

„Dein Hund soll aufhören, sonst muss ich mein Messer auf ihm tanzen lassen! *Yesplies!*“

„Aubergine, aus!“, krächzte ich.

Misstrauisch befolgte Aubergine meine Anordnung und stellte sich eng an mein Bein. Hinter mir Rascheln. Das Messer drückte nicht mehr. Er musste es zu sich genommen haben. Ich atmete aus.

„Ich geh auch gleich wieder, ich bin nur meinem Hund gefolgt! Garantiert! Gott hat’s gesehen“, sagte ich schnell. „Ich kann alles erklären!“

Langsam stand ich auf und drehte mich um.

Nichts passierte.

Ich erkannte den Schuhputzer mit Sonnenbrille. Schmächtig und schmutzig im langen Hemd mit schwarzen Füßen in Sandalen. Er war eindeutig jünger als ich,

hatte genauso kurz geschorene Haare, und in seiner Hand das Messer.

„Und wenn ich dich noch einmal hier erwische, verarbeite ich dich zu Jungensaft. Kapiert? *Yes*! Hier passt kein zweiter Junge hin. Klar? *Hörriap*!“

Hurry up bedeutete „beeil dich“, soviel Englisch verstand auch ich.

„Klar, völlig klar!“

Das Messer funkelte in dem dunklen Hausflur. Aber dann kam der Wörterwasserfall zurück. Beim Reden konnte ich mich beeilen.

Ich redete von Aubergine, von Straßentieren in Not, von meiner Lehrerin und von dem roten Buch der Gedanken. Nur von Schweiger sagte ich nichts. Der Junge starrte mich an. Ich sah, wie seine Stirn sich faltete, als ob er nachdenken würde.

„Also dann ...“, hob ich an und drehte mich zur Treppe.

Der Junge hielt mich fest.

„Warte! Nicht schlecht, nicht schlecht! Buch der Gedanken! Tiere in Not. Und dein Hund, der ist sehr klug! Er hat uns gefunden. *Yesplies*! Der könnte mir helfen, und du musst meinem Hund helfen, ok?“, forderte der Junge und strich das Messer mit der anderen Hand an seinem Hemd auf und ab.

Dann nahm er seine Brille ab. Ich sah merkwürdige Augen, glasig und lila. Um meine Gedanken zu bewegen, klopfte ich gegen meine Stirn. Sofort schlugen sie Haken wie Kaninchen. Ach so! Der Junge konnte nichts sehen. Ein kleiner, blinder Junge!

„Glaub nicht, dass ich mich nicht zu wehren weiß, Tierdoktor“, kicherte der Blinde. Aus seinem Mund glitzerte es. Ein Goldzahn. Ein blinder, armer Junge mit einem Goldzahn. Die Sache wurde immer seltsamer.

„Mein Klappmesser ist gefährlich. *Beisewäi!* Na ja, du wirkst ehrlich, ehrlicher Esel, hahaha! Und du riechst gut nach Zitronen! Du bist doch der Junge vom Zitronenhändler oder, ehrlicher Esel? Ich rieche das!“

Jetzt reichte es!

„Ich heiße Jonny, verdammt noch mal. Und wenn ich deinem Hund helfen soll, muss das Messer weg“, sagte ich scharf und kniff die Augen zusammen.

Der Junge streckte die Hand aus. „Wenn das so ist: Ich bin Malik, der jüngste Schuhputzer von Kairo. Und das ist mein Hund Kapitän!“

Als ob er Kunden anlocken wollte, hielt er eine lange Rede.

„Mein Schuhputzkasten ist was ganz Besonderes. Weiche und harte Bürsten mit kalten, metallenen Griffen in allen Größen. Auch in den feinsten Ritzen finde ich damit den Schmutz. Jedes Sandkorn ertaste ich mit feinen Fingern, und dann vernichte ich es. Jedermann sagt, die Schuhe glänzen wie der Mond, wenn sie bei Malik in der Reinigung waren. Mondschuhe, *yes*! Herzlich willkommen, *wellkamm*, Jonny, Zitrusmensch! Zitronenkumpel! Höhöhö!“

Dieser magere Junge konnte grölen wie ein Elefant und reden wie ich! Er will nett sein, dachte ich und musste lachen. Außerdem mochte er Hunde. Deshalb reichte ich ihm die Hand.

„Hallo“, sagte ich, „dein Hund ist, glaube ich, in eine Scherbe getreten. Hast du Verbandszeug und ein Desinfektionsmittel?“

Malik jaulte wie ein Teekessel.

„Nein, *noplies*! Herr Doktor! Was mach ich bloß? Mein Hund ist mein bester Verwandter. Er führt mich überall hin. *Yes, yes, yes*. Hilf ihm, Zitrusmann! Ohne ihn bin ich erledigt!“

„Hey, sei mal leiser! Ich helfe Tieren immer!“

Das wäre ja noch schöner. Du könntest ihn in den Garten bringen, wollte ich vorschlagen. Aber dann war mir klar, dass ein armer, blinder Junge den Weg schlecht allein finden konnte. Ich streichelte Kapitän und überlegte. Während mein Vater beim Mittagsgebet war, konnte ich im Garten vorbeigehen und alles holen, was ich brauchte. Und ich würde Schweiger treffen.

„Hör mal, ich komme in zwei Stunden wieder! Ok?“

Der verletzte Melonenhund leckte meinen Dreckfuß mit dicker, rauer Zunge. Aubergine, die in Maliks Bettstatt gewühlt hatte, hüpfte nun wie zur Bekräftigung an meinem Bein hoch.

„Du bist mein Retter! *Eilawju*!“, sagte Malik und drückte seine Nase gegen meinen Hals.

„Hey, was ist los? Spinnst du? Und was soll dieses dauernde englische Getue?“ Ich wollte Malik wegschieben, aber der krallte sich fest.

„Ohne *Inglisch* ist ein ägyptischer Junge aufgeschmissen. Ich rede viel mit Ausländern, die ihre Schuhe bei mir putzen lassen. *Schus werriguttpreiß*? Verstehst du?“

Beinahe alles, dachte ich genervt.

„Und du bekommst jetzt einen Tee! Bei meinem Onkel!“, sagte er und ging die Treppe runter. Ich wurde mitgezogen. Stufe für Stufe.

Aubergine blieb bei Kapitän und fiepte, als wollte sie mir sagen: Ich warte hier.

„Moment, halt, ich muss zu unserem Zitronenwagen zurück!“

„*Noproplemm*, höhöhö! Wenn du den Zitronenwagen an der Straße meinst: Von der Teestube meines Onkels aus, wirst du deinen Wagen beobachten können.“

Dieser Junge bekam ohne Augen alles mit!

Die Teestube war direkt neben dem Haus, und es stellte sich heraus, dass die Hocker, die ich vorher gesehen hatte, schon ein Teil davon waren. Ich schaute rüber zum Zitronenwagen, der noch dort stand wie vorher.

„Setz dich!“, sagte Malik und deutete auf den freien Stuhl neben einem alten Mann, der gerade mit einem Hustenanfall kämpfte. „Ich kenn euch schon. Dich und deinen Vater. Ihr beliefert oft das Hotel, stimmt's? Ich hab ja Ohren und Nase, *werrigutt!*“

Ein anderer Mann mit rotem Turban brachte dem alten Mann einen Tee.

„Was musst du so viel rauchen, Abdou, denk dran, du bist nicht mehr der Jüngste“, sagte er und stellte das Teeglas mit tanzendem Löffel auf ein Tischchen.

„Warum soll ich an mein Alter denken? Denkt ein Baum an sein Alter?“, zeterte Abdou.

„Onkel, bitte einen Tee für meinen Freund!“, sagte Malik und tastete an seinem Schuhputzkasten herum, der vor Abdous Beinen stand.

Dann setzte er sich auf den Hocker dahinter und legte los. Wie konnte er ohne zu sehen wissen, was er tat? Malik polierte die braunen Schuhe, und das Leder summte dabei wie eine Mücke. Dann legte er tastend den Lappen in den Kasten. Er konnte doch sehen! Er sieht mit den Fingern statt mit den Augen, dachte ich.

Der Mann mit dem roten Turban brachte auch mir einen Tee.

„Herr der Zigaretten, Mondschuhe fertig!“, rief Malik und steckte seine Bürsten zurück. Auf den Schuhkasten fielen klimpernd einige Münzen.

„Sicher haben Sie es nicht bemerkt, Zigarettenmann, aber da fehlen noch zwanzig *Piaster*, *yesplies*. Ich höre: zu leicht der Klang, zu leicht!“, merkte Malik an und klappte den goldenen Schuhputzkasten zu.

„Bei Allah, gib dem Jungen noch einen Tee aus“, hustete Abdou. „Du schlauer Hund hast recht! Hier!“ Die fehlenden *Piaster* legte der alte Mann direkt in Maliks Hand.

„Gewicht und Geruch stimmen, *werrigutt*“, stellte Malik zufrieden fest, stand auf und kam tastend an meinen Tisch.

Dieser Junge ist alles andere als hilflos, dachte ich grinsend und rührte Zucker in meinen Tee. Genau da hörte ich den Gebetsruf. Ich sprang auf.

„Mein Vater! Ich muss los!“, zischte ich Malik zu. „Bis später, dann!“

Als ich auf den Wagen stieg, hörte ich meinen Vater schon hinter mir. „Los, los, ich muss los, Nervenzwerg!“

Seufzend trieb ich den Esel an, und wir fuhren zur Moschee. Dort ließ ich den Wagen und beeilte mich, in den Garten der Apothekerin zu kommen. Heute war mir mal nicht schwindelig, und so ging es einigermaßen. Von der Straße aus sah ich eine Kappe durch den Garten huschen. Schweiger goss gerade Blumen.

„Hallo, Schweiger!“, rief ich. „Bei der Arbeit?“

Schweiger nickte und rief mir mit mürrischem Blick „hi“ zu. Er nahm seine Sonnenbrille ab, dann kam er mir entgegen.

„Ich hab einen neuen Patienten, ein Dickerchen.“

„Hm“, sagte er wie üblich.

Ich ging zu den Kisten mit dem Verbandsmaterial, die Schweiger im Garten versteckt hielt.

„Dick wie ’ne Melone, aber sehr lieb, der Hund! Er gehört einem blinden Jungen, der, ohne sehen zu können, Schuhe putzt.“

Schweiger zog die Sonnenbrille wieder auf. Und steckte sich einen Kaugummi in den Mund. „So? Und das geht?“, fragte er gedehnt. Es klang so, als wäre er nicht ganz bei der Sache.

Ich packte das Verbandsmaterial in eine Tüte.

„Wie sah der aus?", fragte Schweiger, jetzt etwas schärfer.

„Wie soll er schon ausgesehen haben? Graues Hemd, Sandalen, wie alle armen Leute! Sein Hund heißt Kapitän! Sehr witziger Name, es fehlt ihm nur die Mütze! Warum fragst du?"

„Nur so!"

Schweiger schaute mich nachdenklich an. Gemeinsam und schweigend gingen wir zum Gartentor.

Irritiert zog ich mein Gedankenbuch aus der Hosentasche und wedelte damit rum. Ich hatte es ihm noch nicht gezeigt. Und ich hatte das Gefühl, dass es besser war, das Thema zu wechseln.

„Hm, kenn ich!", nuschelte Schweiger.

„Das war ja klar!", grinste ich. „Garantiert gute Gedanken drin!"

„Ja, das Buch gibt Antworten auf viele Fragen, aber nicht auf alle."

Jetzt lächelte Schweiger wieder sein halbes Lächeln, aber nur für einen Moment. Er kam näher und legte mir die Hand auf die Schulter. Das tat gut. Aber dann fiel mir auf, dass seine Hand zitterte und schweißnass war. Er riss sie weg. Mein Blick folgte der Zitterhand.

Der verstellt sich! Dieser Gedanke schoss auf mich zu – und dann wieder weg. Der verstellt sich!

Schweiger klopfte noch einmal auf meine Schulter. „Ich muss dir was sagen!“

Mein Herzpfirsich rannte vor Aufregung.

„Heute Abend?“ fragte ich.

Schweigers Zitterhand berührte wie zur Antwort kurz die Kappe. Dann ging er ins Haus. Geheimnis und Gefahr, dachte ich. Die Zitterhand. Die Klobige Prinzessin fiel mir ein. Was wollte mir Schweiger sagen?

Liebe Mutter, mir war noch lange übel, nachdem mich die Jungen zusammengeschlagen hatten. Mein Bauch schmerzte, und ich hielt mich auf einer Baustelle versteckt. Die goldenen Armreifen hatte ich schon seit langem in der Mitte zerschnitten und dann um meine Fessel geklemmt. Und immer trage ich Strümpfe drüber, damit sie nicht klimpern. Meine Jacke haben sie mir geklaut, mit allem, was drin war: Geld, Brot und Schlüssel. Die Reifen haben sie aber nicht gefunden.

Deine Tochter Aische

Kapitel 5, in dem die Klobige Prinzessin ganz unerwarteterweise wieder auftauchte und ein unsichtbares Radio mein wildes Vatertier zähmte

Wieder zurück im Treppenhaus bei Malik fand ich Aubergine bei Kapitän. Ich legte einen Verband um die verletzte Pfote. Der Mittag roch nach Kapitänsfell. Der leckte mich die ganze Zeit, so dankbar war er. Aubergine sprang um mich herum und fiepte fröhlich. Ich hatte etwas Hundefutter für die beiden mitgebracht, und nun waren sie bester Laune.

„Wieso schläfst du eigentlich hier im Treppenhaus, wenn dein Onkel sogar eine Teestube hat?", fragte ich Malik, der sich zu uns gesellt hatte.

„*Problemm, problemm*!", kreischte Malik und zog seine Sonnenbrille ab. „In letzter Zeit träume ich weniger. Ja, ja! Seitdem die böse Frau die Klobige Prinzessin fortgejagt hat. Und dann mich. Meine Eltern sind schwach, *yes, yes*!"

Wie vom Donner überfallen, schoss mein Blick zu Malik, der es sich auf einer Treppenstufe bequem gemacht hatte. Hatte ich richtig gehört? Klobige Prinzessin? Hatte er Klobige Prinzessin gesagt?

„Ja, die Klobige Prinzessin, *yes, yes*!" Maliks Stimme hallte unheimlich in meinem Kopf nach. „Die Klobige Prinzessin, die suche ich!"

„Kennst du sie etwa?“, fragte ich hastig, und setzte mich ebenfalls auf die Treppe. „Sag doch! *Please*!“ Jetzt redete ich auch schon wie dieser Mister English.

„Langsam, ein Schuhputzer ist gründlich! *Werrigutt.* Vor einem Jahr ... bis dahin hab ich bei meinen Eltern gelebt ... in dem Haus eines reichen Mannes. Eine ganze Kaugummifabrik besitzt der. Mein Vater war Pförtner im Palast des Kaugummikönigs. Dann ist eines Tages die Tochter des reichen Mannes weggelaufen. Abgehauen. Ich weiß warum! Ich hab alles gehört. Wie die Stiefmutter sie gequält und beschimpft hat. ‚Böses Mädchen‘, hat sie gezetert, ‚hässliches, klobiges Mädchen‘ – jahrelang. Schlimme Wörter hat sie benutzt. Und eingeschlossen hat sie sie! Das alles habe ich dem reichen Mann erzählt, nachdem das Mädchen weg war. Die Stiefmutter ist ausgeflippt. ‚Lüge!‘, hat sie geschrien. ‚Lüge!‘, und mich rausgeworfen. ‚Wenn ihr den nicht wegbringt, muss die ganze Familie gehen‘, hat die Stiefmutter zu meinem Vater gesagt. Einfach, einfach! Mein Vater hat mir den Schuhputzkasten mitgegeben. Und den Hund, Kapitän. *Noproplemm*!“

Malik patschte auf dem treuen Tier herum, das spielerisch nach seiner Hand schnappte.

„Und dann?“, fragte ich ungeduldig

„Ein Parfümbiest ist das, mit Parfümstimme. Aber mich konnte sie nicht täuschen. *Noplies!* Unter den teuren Düften lag der Geruch von verschimmeltem Käse. So bin ich bei meinem Onkel gelandet. In seiner Wohnung ist kein Platz für mich, nein, und deshalb schlafe ich im Hausflur. Alles klar, Zitronenkapitän?"

Malik warf seine Brille in die Luft und fing sie wieder! Kapitän stellte sich auf und wedelte mit dem Schwanz.

„Die sagten, das macht für einen Blinden keinen Unterschied. Der sieht sowieso nichts. Ein Blinder kann sehr wohl sehen. Nur nicht mit den Augen!"

Ich war erledigt. Der Klobigen Prinzessin schien ich auf einmal gefährlich nah zu sein. Ich packte wortlos meine Sachen zusammen.

„Jeden Tag und immer nur putze ich Schuhe. Alles Geld muss ich meinem Onkel geben!", jaulte Malik wie ein Leierkasten.

„Was, obwohl du nicht mal ein Zimmer hast?", fragte ich empört. „Mein Vater sagt immer: ‚Ägypten ist nicht gerecht'. Damit scheint er wohl recht zu haben."

Malik nickte heftig.

„Zwei *Guineen* pro Tag darf ich behalten, *yes, yes*!"

Malik hob seine Matratze. Ein Bündel Geldscheine holte er heraus. Das waren mindestens fünfzig *Guineen*. Die steckte er in eine Tüte. Der arme, blinde Junge war reich! Wenn mein Vater mir wenigstens auch mal zwei *Guineen* pro Tag geben würde! Malik ließ die Matratze wieder fallen. Auf einmal wurde mir heiß. Wie lange hatte ich hier eigentlich gesessen? Wartete mein Vater schon?

Malik krallte sich an mir fest. „Die Klobige Prinzessin! Ja, ja. Sie ist dran schuld, dass ich alles verloren habe: Bett und Arbeit und Eltern! Du musst mir helfen! Du und dein kluges Hündchen."

„Ich muss jetzt erst einmal weg!", schrie ich genervt. „Ich bin schon zu spät wegen deiner ganzen Geschichten! Mein Vater zieht meine Ohren bis Europa."

Ich erhob mich, aber Malik stand ebenfalls auf und hakte sich mitsamt Tüte bei mir ein.

„Ich helfe dir, Zitronenjunge. Wirklich und wahrhaftig! Dein Vater wird dir nichts tun! Deine Ohren bleiben in Kairo. *Noproblemm*!" Malik grinste, und ein Sonnenstrahl traf seinen Goldzahn.

Helfen, der? Mit diesem Plemmplemm?

„Meinen Vater kannst du nur mit *Umm Kulsum* aufhalten."

Malik fiel mir ins Wort. Besser gesagt sein Quietschen.

„Iiiii, *Umm Kulsum*, ja, ja, ja. Hurra, nichts leichter als das! Wie heißt dein Vater, *beisewäi*?"

„Mahmud, aber was soll das bringen?", fragte ich und wollte runtergehen.

Aber Mister English schien auf immer und ewig bei mir eingerastet zu sein. Sackschwer.

„Einen echten Zitronenkönig muss man mit dem richtigen Namen ansprechen. Und dann klopft man ihn weich! *Yes*!", behauptete Malik.

So ein Quatsch! Dieser Tag war mit Ärger bekritzelt. Aber langsam ließ mich Malik gehen. Ich war so schwer wie das, was mir am Arm hing. Irgendwie kam ich voran, aus dem Haus raus, mit dem kichernden Malik an der Teestube vorbei. Ich dachte an die Flügel der Stunden aus dem Gedankenbuch. Die Flügel der Stunden hatten mich geschnappt. Ich wusste nicht mehr, wie ich zu meinem Vater in die Nähe der Moschee gekommen war. Nur, dass es viel zu spät war.

Schon von Weitem sah ich meinen Vater auf dem Wagen thronen. Ich spürte sofort, dass er mich viel schlimmer fertigmachen würde als sonst! Das Gesicht war total verzogen, als hätte er in eine Zitrone gebissen.

„Junis, du Teufelszwerg! Wo bleibt mein Essen? Und was willst du mit dem Bettler?"

Das Essen. In dem Moment kapierte ich erst, dass ich auch noch das Essen vergessen hatte. Ich schielte zum Radio. Warum zum Teufel lief es nicht? Ich stellte mich vor Malik und schüttelte seine Hand ab.

„Jetzt muss Maliks Spezialhilfe sein, oh, oh! *Nooo-problemm*!"

Selbst der spürte, dass Gefahr nahte, denn er sprach das erste Mal leise und piepsig. Und ich wusste: Jetzt platzt die Bombe.

„Ich reiß dir die Ohren ab! Dir werde ich es zeigen, den Wagen allein zu lassen und mit Bettlern rumzulungern.

Und das Radio hast du auch kaputtgemacht“, schrie mein Vater und eilte schnurstracks mit gefährlichen Augenmaschinen auf mich zu. „Weißt du, wie lange ich hier schon warte? Nichts verkauft hab ich. Und nichts zu essen!“

Malik war auf einmal verschwunden, und ich hielt die Hand vor den Kopf. Na toll! Erst Hilfe predigen und dann bei dem ersten Vatergewitter türmen!

„Komm her, du Hundesohn!“

Ich blieb stehen und spürte, wie die Knie zu gekochten Kartoffeln wurden. Einmal vorher hatte er mich schon schlimm geschlagen, ins Gesicht. Rechts und links. Weil ich gelacht hatte, bei der Beerdigung von Muna. Um ihr eine Freude zu machen. Ich hatte gedacht, auf Munas Fest sollte nicht nur geweint werden. Meine Mutter war zwischen mich und meinen Vater gegangen. Seitdem hatte er es nicht mehr gemacht.

„Es tut mir leid, ich hol das Essen!“, sagte ich, aus sicherer Entfernung.

Aber das Untier Gewitter näherte sich weiter. Jetzt hilft nur noch ein Wunder, dachte ich.

Das Wunder kam! Etwas ließ meinen Vater wie elektrisiert stehen bleiben. Er drehte sich um und starrte den Wagen an. Da hörte ich sie auch! Mitten aus den Zitronen kam ihre Stimme.

„... Geliebter, komm, wir leben unter den Augen der Nacht ...“

Es war *Umm Kulsum*!

„Das Radio ist gar nicht kaputt, Vater!“, sagte ich erleichtert. Ich hatte allerdings keine Ahnung, warum das Ding von selbst angesprungen sein sollte.

„Moment, mit dir bin ich noch nicht fertig“, bohrte mein Vater seine Stimme in mein Ohr und suchte das Radio.

„*... und sagen der Sonne komm wieder in einem Jahr, ja du ...*“, sang die Stimme. Ich schloss ganz kurz die Augen, sagte dreimal „danke“ und zitterte auf den Wagen zu. „*... Geliebter, die Liebe ist unser Leben ...*“, sang mein Vater leise lächelnd, zusammen mit *Umm Kulsum*.

Auf einmal verstummte die Stimme.

„Verfluchtes Radio!“ Mein Vater kletterte auf den Wagen. Er schüttelte das Radio und schlug es und schrie es an. „Sing, du Teufelswerk!“

Wieder sprang das Radio an. „*... du meine Liebe, Mahmud, komm heraus, ich habe ein Geschenk für dich ...*“

Ich betete stumm: „Sing weiter, *Umm Kulsum*.“

„*... komm Mahmud, wir leben unter den Augen der Nacht ...*“ Nun brach der Gesang nicht mehr ab. „*... ohne unsere Freudenkerzen soll keine unserer Nächte sein, Mahmud ...*“

Die Stimme sang seltsamerweise von einem Mahmud. Das Lied kam mir bekannt vor, nur, dass mein Vater darin vorkam, hatte ich bisher nicht bemerkt. Und noch etwas war anders als sonst: Es war kein Orchester dabei, nur ihre Stimme. Ich ging näher an den Wagen. Die Stimme kam gar nicht aus dem Radio.

„... Geliebter, die Liebe ist unser Leben ...“ Mein Vater hatte es sich bequem gemacht. Und sang leise mit. Die Augen hielt er geschlossen, und er zog langsam den Turban von seinem Kopf. Dann griff er in seine Haare und wühlte darin herum, als wären sie ein Brotteig. Er ist vollkommen verrückt geworden, dachte ich und sah, wie er sich selbst umarmte. Ich verdrehte die Augen. Aber ich hatte keine Angst mehr! *„... sag es mir, Mahmud, Zitronenkönig, sag es mir ...“*

Moment! Zitronenkönig? Das Wort hatte ich heute schon mal gehört. Diesmal kam es von unter dem Wagen! Ich bückte mich und sah Malik dort hocken und singen. Er klang haargenau wie *Umm Kulsum*. Er konnte ihre Stimme perfekt imitieren.

„Malik?“, zischte ich.

„Ja, ja, ich sage es“, hörte ich meinen Vater antworten.

Malik grinste und sang. Wenn mein Vater herausfand, dass dieser Junge ihn an der Nase herumführte!

„Du musst verschwinden, jetzt, bevor wir losfahren!“, sagte ich und zog Malik am Arm. „Nur, wie findest du denn allein zurück?“

Malik klopfte auf seine Tüte. „Taxi!“, sagte er. *„Dontwörri!“*

Oben schnäuzte sich mein Vater. „Diese *Umm Kulsum* singt von Mahmud, dem Zitronenhändler, wer hätte das gedacht?“

Malik, der nun langsam unter dem Wagen hervorkrabbelte, sang: „Ja, ja! Der Mahmud.“

Ich stöhnte, weil ich mich vor dem fürchtete, was mein Vater zu dieser Miniausgabe von *Umm Kulsum* sagen würde.

„Na, hab ich es nicht gesagt, ich helfe dir, Zitronenkumpel!“, krächzte Malik.

Das hatte er, und wie!, dachte ich.

Ich stellte fest, dass mein Vater eingenickt war. Ich brachte Malik zum Straßenrand und winkte einem Taxi. Während ich dem Taxi hinterherschaute, dankte ich Malik im Geiste. Er hatte meinen Vater für kurze Zeit außer Gefecht gesetzt.

Kapitel 6, in dem der Zitronenwagen dann wie vom Erdboden verschwand und ein Bananenkaugummibrief mir eine Katastrophe ankündigte

Im Himmel über der Stadt räkelten sich einige Stunden später die Muezzintöne, *Allahuakbar*, das Abendgebet. Die Stadt färbte sich orange, und ich versorgte den Esel vor dem Haus. Mein Vater war nach seinem Schläfchen vergnügt aufgewacht. Ich hatte in der Zwischenzeit sein Essen geholt und den ganzen Nachmittag über verwundert seine gute Laune bestaunt. Der Esel gab vergnügte Schnurrlaute von sich. Ich hatte Aubergine nicht bemerkt, als sie am Bein des Esels leckte. Ich musste prusten.

„Ja, hallo, meine Aubergine! Guten Abend! Bist du etwa verliebt, mein Hündchen? Glaub mir, der Esel ist nichts für dich." Ich nahm die Hündin lachend auf den Arm. Aubergine antwortete mit Fiepen und leisem Gebell.

„Warte, warte, gleich gehen wir in den Garten."

Ich dachte an Schweigers Zitterhand und senkte meine Stimme. „Mal sehen, was Schweiger uns zu sagen hat!"

Als hätte Aubergine verstanden, sprang sie aus meinen Armen auf den Boden und machte sich auf hinter das Haus, auf den Geheimweg. „Schlaue Aubergine!", lobte ich und folgte ihr. Vor jeder Mauer wartete sie schwanzwedelnd, bis ich sie drüberhob. Nur durch das Loch am Ende schlüpfte sie mühelos.

„Hallo, Schweiger, schon da?“, rief ich in die Tamarinde hoch.

Ich spähte zu Schweigers Fenster. Es sah anders aus als sonst. Dunkler! Wie ein schwarzes, stumpfes Auge schaute es zum Stamm der Tamarinde.

Das Fenster stand offen.

Herzkrach!

Ich hatte es noch nie offen gesehen!

„Schweiger?“, rief ich noch mal. Aber es kam keine Antwort.

Auf einmal knirschte es zwischen meinen Zähnen. Ein Sandsturm ist im Anmarsch, dachte ich nervös, obwohl das gar nichts Ungewöhnliches war. Kairo war schließlich von Wüste umgeben. Ich schaute ins Zimmer. Es war dunkel. Ich erkannte einen Kühlschrank und eine Colaflasche auf dem Tisch. Ein gemachtes Bett.

Aubergine bellte. Kam Schweiger? Nein! Aubergine stand auf der Gartenbank und bellte irgendetwas an. Ich wollte gerade hingehen und gucken, was da war, als ich meinen Namen hörte.

„Junis, wo bist du?“

Das war mein Vater. Er suchte mich in der Nachbarschaft. Wieso war er nicht in der Moschee? Langsam ging ich zur Bank.

„Junis, wo bist du? Junis, bist du da drin? Dann komm raus!“, brüllte er.

Mein Vater klang so aufgebracht wie nie. Schlimmer als heute Mittag. Aubergine bellte etwas an, das zwischen den Holzstreben steckte. Einen Zettel.

„Junis, du Nichtsnutz, komm her!"

„Für Junis!", stand auf dem Zettel. Ein Brief! Der konnte nur von Schweiger sein.

Aubergine sprang von der Bank und floh ins Gebüsch.

„Junis, komm sofort nach Hause!" Mein Vater klang rasend wütend.

Ich steckte den Brief in meine Hosentasche, versteckte mich hinter der Tamarinde und wartete ab.

Auf einmal hörte ich eine andere Stimme rufen. Aus dem Haus heraus.

„Verschwinde, Zitronenhändler, hier ist niemand."

Es war die Apothekerin. Ich hörte, wie sie das Fenster schloss. Die Vaterstimme entfernte sich. Ich schlich mich nach Hause. Ich sah schon von Weitem, dass der Platz neben dem Haus leer war. Kein Wagen und kein Esel.

Andere Männerstimmen lärmten mir entgegen. „Haltet den Dieb! Haltet den Dieb! Er hat den Zitronenwagen."

Der Zitronenwagen war weg? Wieder Herzkrach.

Jemand hatte unseren Zitronenwagen geklaut. In meinem Kopf spielten alle Stimmen Fangen und kamen immer näher. Und anscheinend hatte ich nicht auf den Weg geachtet, denn plötzlich stieß ich gegen den runden Bauch meines Vaters. Sein Kopf glänzte rot, und er schubste mich.

„Da bist du ja. Wo bist du gewesen, he? Irgendein Hundesohn hat den Zitronenwagen geklaut, Junis! Hilf endlich suchen!“

Ohrfeige! Au! Und noch eine ... Ich wollte weglaufen, aber er hielt mich am Arm fest. Dann schlug er nochmal zu. Ich drehte mich wie ein Kreisel und fiel fast hin. Er sagte was, aber ich verstand nichts, weil ich versuchte, das Heulen zu unterdrücken. Ich sah meine Mutter, wie sie aus dem Haus kam und sich auf meinen Vater stürzte.

„Lass doch den Jungen in Ruhe! Bist du denn von allen guten Geistern verlassen? Du bist der Hundesohn, du!“, kreischte sie. „Davon kommt der Wagen doch nicht wieder. Das ist unmöglich! Los, und jetzt such du den Wagen!“

Sie gab ihm einen Schubs und zog mich dann hinter sich her. Im Haus nahm mich meine Mutter in ihre Arme, und ich musste heulen.

„Sei nicht traurig“, sagte meine Mutter. „Sicher taucht der Wagen wieder auf! Weit kann er nicht sein!“

Weit kann er nicht sein. Wie vom Skorpion gebissen schob ich meine Mutter weg. Mir war der Brief wieder eingefallen. Und plötzlich wusste ich, wer den Zitronenwagen hatte.

Ich hastete hinters Haus. Dorthin, wo ich meine Spiegelscherbe versteckt hatte und zog den Brief hervor, auf den beim Öffnen eine Träne fiel, und ein Bananenkaugummi rutschte aus dem Umschlag.

Lieber Jonny Himmelblau, der Mensch weiß nicht immer, wo er hingehört! Ich muss hier weg! Es gibt etwas, das du niemals erfahren darfst. Denn dann können wir keine Freunde mehr sein. Den Zitronenwagen habe ich mitgenommen, weil ich ihn als Tarnung brauche. Ihr kriegt ihn wieder. Ich verspreche es dir hoch und heilig.

Ich werde immer dein Freund bleiben, dein Schweiger

Ein leichter Wind wehte mir ins Gesicht. Das Blatt in meiner Hand zitterte. Schweiger hatte in krakeligster Schrift geschrieben. In Eile. Er hatte also den Zitronenwagen gestohlen. Wenn mein Vater das rausbekam!

Ich las den Brief wieder und wieder. Aber da stand nicht mehr und nicht weniger. Was nützte es da, dass er den Wagen wiederbringen wollte? Wann denn? Hatten wir überhaupt genug zu essen bis dahin? Und wie konnte Schweiger mich hier allein lassen? Mit diesem Vater! Hatte er denn kein Mitleid mit mir? Was sollte denn nun werden? Wie konnte mein einziger Freund weglaufen? Ich grübelte und grübelte: „Es gibt etwas, das du niemals erfahren darfst!" Was konnte das sein? Und: „Ich werde immer dein Freund bleiben." Ich ließ die Hand sinken und schaute auf die Tamarinde. Schweiger war in Not! Sonst hätte er das niemals getan. Ich musste ihm helfen. Ihm zeigen, dass er einen guten Freund hatte! Schweiger war kein schlechter Mensch! Das waren gute Gedanken. Sehr gute!

Den Brief musste ich vernichten, niemals durfte mein Vater erfahren, wer den Zitronenwagen geklaut hatte. Ich zerriss ihn in tausend kleine Stücke und vergrub die Reste unter der Tamarinde. Gleich morgen früh würde ich versuchen herauszufinden, in welche Richtung Schweiger aufgebrochen war. Vielleicht hatte ihn ja jemand gesehen. Die Apothekerin musste ich zuerst fragen.

Ich würde Schweiger folgen!

Liebe Mutter, du hast immer gesagt: Wenn ich alles verliere, bleiben zwei Hände, und ich kann arbeiten. Jetzt weiß ich, dass das stimmt. Erst seit ich in Sicherheit bin, kann ich dir schreiben, als ob du noch da wärst. Könntest du mir doch nur antworten. Mein Schlimmes fing an, als Papa die Ziege mit nach Hause brachte und sagte: Darf ich dir eine gute Bekannte vorstellen? An diesem Tag war es mindestens fünfzig Grad heiß, und die Schule hatte früher Schluss. Papa hat mich abgeholt und hatte die Ziege im Schlepptau. Die später meine Stiefziege wurde. Ich wusste gleich, dass mit ihr irgendwas nicht stimmte, denn ihre Stimme war ein Reibeisen. Ich hab's Papa gesagt, aber es hat nichts genutzt. Papa hat sie geheiratet!

Deine Tochter Aische

Kapitel 7, in dem das Blaue vom weiten Himmel auf meine Zunge herabstürzte und sogar die Heulkugeln im Hals verscheuchen konnte

Einen Tag nach Schweigers Verschwinden weckte mich meine Mutter mit lauter Stimme.

„Junis, dein Vater ist noch nicht zurück. Er sucht immer noch den Zitronenwagen. Los, wir müssen was tun, arbeiten, Junis, nun steh doch endlich auf!"

Ich kroch aus dem Bett und merkte sofort den Herzpfirsich. Schweigers Geheimnis, seine Not und der verschwundene Zitronenwagen. Ich musste meinen Freund finden. Sand rieselte aus meinem Laken auf den Boden. Ich schaute aus dem Fenster. Ein Sandsturm hatte die Straße in einen Sandkasten verwandelt.

„Junis, wird's bald! Du musst auf die Straße, Autos putzen!"

Ich konnte gar nicht antworten, so sehr war ich in Gedanken. Wo sollte ich anfangen?

„Juuuunis, hast du mich nicht gehört! Wie sollen wir heute einkaufen, wenn du auf dem Bett sitzt wie ein Fels?"

Die Mutterstimme drang nun mit feuchter Luft in mein Ohr. In dem Moment kapierte ich erst, was meine Mutter gesagt hatte. Wenn mein Vater wirklich weg war, musste ich meiner Mutter helfen. Irgendwie Geld ranschaffen. Erst danach konnte ich zu suchen anfangen.

„Wartest du, bis es Geld regnet?“ Meine Mutter band sich ihr Kopftuch um und schrie nun wie ein Papagei.

Schluss jetzt! Ich trank etwas Wasser, biss ein Stück Brot ab und nahm einen Lappen. Ich schlurfte durch sandgelbe, knirschende Luft zur Hauptstraße. Es war noch früh am Morgen, aber die Straßen waren schon überfüllt. Auf meinem Weg spähte ich nach Schweiger und dem Zitronenwagen. Die Autos kamen kaum voran, so voll war die Straße. Was günstig war fürs Putzen. Überhaupt war Sandsturm jetzt ein wahres Glück. Die Windschutzscheiben waren eingestaubt, deshalb gab es viel Arbeit. Mit dem Munalächeln und dem Lappen, der den Sand auf den Scheiben wegschluckte, schaffte ich mindestens einen Wagen in einer Minute inklusive Kassieren. Allerdings war ich nicht der Einzige heute. Doch nur ich hatte Munas Lachen. In meiner Jeanshosentasche klimperten nach einer Weile die Münzen.

Ich wollte gerade wieder nach Hause gehen, als ich leises Wimmern hörte. Ich bückte mich und sah unter einem Karren mit Brot eine kleine Katze.

„Oh, meine Kleine, was ist denn mit deinen Augen los?“, flüsterte ich und näherte mich im Schneckenschritt. Augen wie rote Perlen. Struppiges, krankes Fell. Ich sah es sofort: Entzündung. Ich nahm die kleine Graue auf den Arm. Ich musste ihr Tropfen verabreichen, und zwar schnell. Die Katze zitterte. „Keine Angst, Jonny hilft dir!“

Ich trug sie in den Garten. Es war still dort. Ich schaute am Haus hoch, die Apothekerin war nicht zu hören. Schweigers Fenster sah noch aus wie gestern, als ich den Brief gefunden hatte. Mit einer Hand öffnete ich schnell die sandige Medikamentenkiste und holte die Tropfen raus. Dann setzte ich mich mit der Katze auf den Boden und hielt sie mit der rechten Hand, und mit der linken versuchte ich zu tropfen. Es war einfach, denn die schwache Katze bewegte sich kaum. An meiner Sandale ruckelte etwas. Jemand knabberte daran herum.

„Aubergine!“, flüsterte ich erfreut.

Ich fühlte mich getröstet. Die treue Aubergine!

Sie fiepte und fing an, das Kätzchen abzuschlecken. Da soll noch einer behaupten, Katze und Hund verstünden sich nicht, dachte ich. Aber das Kätzchen war zu schwach, um zu spielen. Also sprang Aubergine in meinen Schoß und knabberte an meinen Händen. Ich erzählte ihr alles, die ganze Geschichte mit Schweiger und dem verschwundenen Zitronenwagen.

„Und jetzt muss ich nach Hause, und danach suchen wir Schweiger, ja? Kommst du mit?“

Aubergine bellte und folgte mir, als hätte sie mich wirklich verstanden.

Nachdem ich meiner Mutter das verdiente Geld überreicht hatte, stand ich wieder auf der Straße, wo ich mich mit Aubergine traf. Irgendetwas hatte sie im Maul.

„Hey, was soll ich mit der Bürste vom Esel?“, lachte ich überrascht. „Möchtest du gekämmt werden?“

Die Bürste fiel auf den Boden, und Aubergine fiepte, als täte ihr etwas weh. Dann bellte sie die Bürste an und wedelte mit dem Schwanz.

Da kam mir eine Idee. Ich kniete mich wieder hin, nahm die Bürste und hielt sie der Hündin unter die Nase. Wenn sie mich gefunden hat, wird sie vielleicht auch den Esel finden.

„Such, Aubergine, such den Esel!“, sagte ich aufmunternd.

Aubergine schnappte nach der Bürste und lief los. Ich wankte so schnell ich konnte hinterher. Aubergine führte mich aus dem Viertel. Meine Zähne knirschten. Ich schaukelte durch eine Sandwolke und hielt mir die Hände vor die Augen. So gelangte ich an die Hauptstraße und hinter die Moschee. Aubergine bog in eine Straße ein, nur so schmal wie ein Bett. Über mein Gesicht liefen wie Tränen jetzt Schweißtropfen, mir war höllenheiß! Am Ende der Bettstraße sah ich den Wagen. Und den Esel. Ich war mir sicher, dass er es war, auch wenn einige Melonen neben den Zitronen gestapelt waren.

Herzkrach!

Aubergine raste hin und begrüßte den Esel schwanzwedelnd und mit hellem Bellen.

„Psst, leise, ich schau zur Sicherheit mal nach, ob es wirklich unserer ist!“

Als Muna noch lebte, hatte ich heimlich unsere Namen in den Wagen geritzt. Ich ging näher ran, und in mir sprang etwas hoch und runter wie ein Jojo. „Muna, Junis“. Es war unser Wagen! Er stand vor einer Häuserreihe, deren Fassade verschmutzt war wie dreckige Fußsohlen. Hatte sich Schweiger hier irgendwo versteckt?

Der Esel schrie auf, als er mich erkannte. Ich streichelte ihn, sein Fell hatte eine Kruste aus Sand.

„Du Armer, hast du Hunger? Ich hol dich hier weg.“

Der Esel legte seinen Kopf auf meine Schulter, das war seine Antwort.

Da tat sich plötzlich etwas. Eine Tür wurde geöffnet. Heraus kam ein Mädchen, etwa so alt wie ich, und guckte wütend.

„Hey, weg da von meinem Wagen! Nur weil ich ein Mädchen bin, kannst du mich nicht beklauen, kapiert?“

Ihm fehlten einige Zähne, und es war im Gesicht weiß wie das Kopftuch, das es trug. Es hatte die Hände in die Hüfte an sein schwarzes Kleid gestemmt und kam langsam näher.

„Dein Wagen?“ Ich lachte, als hätte es einen Witz gemacht. „Und warum steht hier ‚Junis‘ und ‚Muna‘? Und zufällig bin ich Junis, und dieser Esel kennt mich! Die Melonen kannst du abladen, aber den Wagen nehm ich mit! Und du sagst mir jetzt sofort, woher du ihn hast.“

Das Mädchen wurde noch weißer. Es stand nur noch zwei Eselländen von mir weg, deshalb konnte ich kleine Schweißtröpfchen auf der Stirn erkennen. Und nun hörte ich auch die Atemgeräusche. Wie eine Wasserpfeife klang das, was da aus der Lunge kam.

„Was meinst du?“, fragte es zickig.

„Das da ist unser Zitronenwagen. Und gleich hole ich meinen Onkel, den berühmten Polizisten Abdallah Sami aus Alexandria!“

Jonny Himmelblau legte los. Das Blaue vom Himmel lag auf meiner Zunge. Es gab einen Onkel Sami, ja, aber der war nicht Polizist, sondern Seifenverkäufer in Alexandria.

Die Augen des Mädchens wurden schwarze Pfützen. „Ich hab ihn nicht geklaut, ehrlich!"

„Und wie kommt er dann zu dir?"

Es schniefte herum und hustete. Es tat mir auf einmal leid.

„Was ist? Komm, es wird nichts passieren, wenn du mir alles sagst. Garantiert, Gott hat's gesehen, ich bin eine ehrliche Haut! Aber wenn nicht, muss ich wirklich meinen Onkel holen!"

Das Mädchen schnäuzte sich in den Ärmel seines Kleides! Nochmal schaute es sich ängstlich um.

„Also, ein Junge hat gesagt, dass ich ihn dir zurückbringen soll!"

Atemstillstand.

Schweiger!

„Welcher Junge?"

„Der, der mir den Wagen gegeben hat!"

„Wie sah der aus?"

„Wie ein Gangster, Jeans und Turnschuhe, Kapuzenjacke, eine Sonnenbrille hatte er auf."

Meine Ohren brannten wie ein Feuerzeug. Die erste richtige Spur!

„Und wo ist er jetzt? Und warum hast du uns den Wagen nicht zurückgebracht?“

Nun begann das Mädchen richtig zu weinen und zu schluchzen. Ich trat nervös von einem Fuß auf den anderen.

„Ich wollte es ja! Heute Abend. Ich wollte den Wagen nur noch einmal benutzen, weil man besser verkauft mit Wagen. Aber sag es bitte nicht meinem Vater.“

Ich wusste genau, was es meinte.

„Mach dir keine Sorgen, ich kenne Väter! Ich hab selber so ein Exemplar!“

Das Mädchen schien sich zu beruhigen, und plötzlich leuchteten seine Augen ein wenig auf.

„Ich hab noch etwas für dich! Warte hier!“

Es lief schniefend ins Haus. Jetzt wurde mir schwindelig vor Aufregung. Noch eine Nachricht von Schweiger? Das Melonenmädchen kam zurück und hielt einen Goldarmreif hoch.

„Hier, den hat mir der Junge gegeben. Er hat gesagt, dass ich dir sagen soll, dass es ihm leid tut, und dass er dir das hier schickt.“

Der Reif war in der Mitte zerbrochen. Ob es echtes Gold war? Und wenn ja, wo hatte Schweiger den Schmuck denn her?

„Der Junge hatte noch mehr davon am Bein, ich hab's gesehen, unter der Hose im Strumpf.“

Ich war stumm vor Staunen. Den glitzernden Reif musste er der Apothekerin geklaut haben, was denn sonst. Ich schaute ihn genau an, er war für einen sehr dünnen Arm. Deshalb hatte Schweiger ihn aufschneiden müssen, um ihn an seinem Fußgelenk zu tragen.

„Sag mal, warum hast du den nicht sofort verkauft?", fragte ich das Mädchen. „Du hättest vielleicht eine Menge Geld bekommen?"

Es zog die Schultern hoch und sagte „weiß nicht". Es hustete und spuckte irgendetwas auf den Boden, grün wie Gras. Auf einmal hatte ich Angst, mich anzustecken. Muna fiel mir ein. Das Mädchen begann, die Melonen vom Wagen runterzuholen und neben der Tür zu stapeln.

„Weißt du, wo der Kerl ist?", fragte ich nun hektisch. Es schüttelte den Kopf und machte weiter. Eine Weile sagten wir nichts, und ich half beim Abladen. Dann zog ich am Seil des Esels.

„Da kann man nichts machen! Wiedersehen!", sagte ich und schaukelte los.

„Nein, warte, mir fällt was ein. Der Junge ist in ein Taxi gestiegen. Und ich glaube, dass er *Hafez Hassan* gesagt hat."

„*Hafez Hassan*?"

Ich fror plötzlich. Das Mädchen hustete wieder.

„Ich muss los", sagte ich und hielt dem Mädchen den Reif hin. „Behalt ihn!"

Als hätte ich Chinesisch geredet, tat es gar nichts und guckte mich nur an und sah aus wie ein Stock, besser gesagt wie ein kranker Stock.

„Hier, ehrlich! Nimm ihn doch!“ Und „geh zum Arzt“, wollte ich noch sagen. Meine Lippen bewegten sich, aber die Stimme blieb weg. Was ist jetzt wieder?, dachte ich. Ich probierte es nochmals, aber es kam nur Luft.

„Danke!“, sagte das Mädchen lächelnd.

„Tschüss!“, versuchte ich es wieder, aber meine Stimme blieb einfach weg. Verflucht. Ich fasste mir an den Hals.

Das Mädchen hustete laut zum Abschied. Dann rief es: „Du wirst ihn finden! Ich weiß es!“

Ich hob die Hand. Hoffentlich behielt das Mädchen recht. Dann ging ich mit Sorgen im Hals und dem Eselkarren nach Hause.

Schweiger war also zu einem *Hassan Hafez* gefahren. Doch wo sollte ich den finden? Da konnte ich ja die ganze Stadt abfragen. Zwanzig Millionen Menschen, Kinder und Touristen abgerechnet. Das würde ja Monate dauern.

So düsten die Gedanken in mir herum, aber irgendeine Zeitlupe bewegte mich dabei. Ich flog auf den Gedanken vorwärts. Ja, so musste es gewesen sein. Mit dabei Aubergine. Mit hellem Bellen.

Die Stimme meines Vaters zerschoss diesen Flug. Und zwar genau in dem Augenblick, als ich vor dem Haus stand und mir einfiel, dass es ja auch eine *Hafez Hassan* Straße gab. War Schweiger dort hingefahren?

„Junis!“ Mit fleischrotem Schädel stand mein Vater vor der Tür. Ich schluckte. Und der Gedanke kam, dass ich den Zitronenwagen nachts heimlich hätte abstellen sollen. Zu spät. Ich schaute mich hektisch nach Aubergine um und sah ihren kleinen, lila Hintern unter ein Auto am Straßenrand schlüpfen.

Mein Vater kniff wieder die Augen zusammen. Als würde er mich nicht erkennen. Ich machte Anstalten, den Esel loszubinden. Wie ein ferngesteuertes Auto im Schnellgang düste mein Vater um den Wagen herum. Ich drückte mich an den Esel, mein Vater stürzte sich auf mich. Er schlug mir schon wieder mitten ins Gesicht. Ich brannte, und die Heulkugeln marschierten im Hals auf und ab. Dann sah ich etwas Hellrotes auf uns zukommen, mit einem Besen in der Hand.

„Bist du von allen guten Geistern verlassen, welche Hühner haben dir denn deinen Verstand weggefressen? Du schlägst den, der dir den Wagen zurückbringt?“

Meine Mutter stieß meinen Vater mit dem Besen gegen mich. „Au“, wollte ich schreien, aber es kam wieder nur Piepsen raus. Was war mit meinem Hals? Der tat auf einmal weh, als hätte mich jemand gewürgt.

„Und was ist mit deiner Stimme? Seit wann piepst du so rum? Hast du dich geprügelt?“

Ich hatte keine Ahnung und hörte kaum noch, was mein Vater sagte. Ich heulte und dachte, dass ich wirklich krank wäre, wie das Melonenmädchen!

„Heul nicht und bürste den Esel!“, kommandierte mein Vater.

Tränen kann man ja nicht immer aufhalten, aber davon verstand mein Vater nichts. Ich brachte den Esel zu seinem Platz am Haus, und die Tränen liefen mir wie starker Regen übers Gesicht. Ich musste an alles Schlimme denken, und an Muna. Sie war in einem Winter an Husten und Fieber gestorben. Heißer und heißer war sie geworden. Und trockener. Einmal hatte ich mich an sie kuscheln wollen, doch sie war eine Wüste geworden. Und dann war sie tot. Schrilles Klagen hatte bald unseren Schuppen gefüllt, und mein Vater hatte den Tisch kurz und klein gehauen. Und Muna war schrecklich weg.

Ich heulte ins Fell des Esels, der brummte, und dann war auch Aubergine wieder an meinem Fuß. Sie fiepte und leckte mir das Bein, während ich schniefend Sand und Dreck aus dem Eselfell bürstete. Der Esel schloss die Augen und ließ die Unterlippe hängen.

„Die Bürste magst du genauso wie den Dreck, stimmt's Esel?“

Ich wollte das eigentlich leise sagen, aber es kam raus, als hätte ich den ganzen Tag nur geschrien. Heiser. Ich warf die Bürste auf den Boden und rannte hinters Haus.

Dann kramte ich die Spiegelscherbe hervor. Ich schaute rein, sah Jonny, den Zitronenhändler, braun wie immer. Augen himmelblau. Nicht blass und nicht krank.

Nur über der Lippe war etwas. Und dann vergaß ich alle Sorgen. Der Spiegel zeigte kleine Wimpern über meiner Lippe. Er sagte: „Junis, du wirst jetzt erwachsen." Da waren meine ersten Barthaare! Hurra!

Plötzlich hörte ich, wie meine Mutter von drinnen rief: „Junis, du gehst ab jetzt nur noch in die Schule!"

Ich grinste in den Spiegel. Die Barthaare grinsten von dort zurück. Vielleicht wurde doch wieder alles gut. Jonnystark fühlte ich mich auf einmal wieder. Morgen würde ich Schweiger finden.

Liebe Mutter, ich muss dir noch was Schlimmes schreiben. Wenn Papa nicht da war, hat die Stiefziege eine nach der anderen in deiner Vogelvolière geraucht. Und jedes Mal haben die Vögel aufgehört zu singen, vor allem der Schama hat nur noch beleidigt geächzt. Sie weiß genau, dass er der wertvollste ist, und von deinen Eltern aus Indonesien. Der Schama ist immer gefährdet, aber nun kann ich ihn nicht mehr schützen. Die Stiefpissnelke hat lange Fingernägel und trägt Perücken, wer tut das sonst schon? Kann sie sich nicht mal die Haare färben? Aber das Schlimmste ist: Was findet Papa an ihr? Sie macht Witze, die ihm gefallen, mir aber nicht. Er lacht die ganze Zeit und merkt nicht, dass sie eine Stiefpissnelke ist.

Deine Tochter Aische

Kapitel 8, in dem Wachmann-Augen mich aufzuspießen versuchten und ich aus purer Verzweiflung in Schweigers Wohnung einbrach

In der Nacht wurde ich wach. Ich befühlte meine Oberlippe. Da lagen immer noch die Härchen drauf. Der Bart. Dann fiel mir aber sofort die Krankheit ein. Wenn ich mich angesteckt hatte, war der Bart umsonst gekommen. Das waren keine tollen Gedanken, egal, ich musste los. Und zwar bevor mein Vater wach wurde.

Draußen wartete Aubergine als Überraschung. Und als Kundschafterin lief sie voraus, ins Viertel der *Hafez Hassan* Straße.

Als ich dort ankam, war der Tag hell geworden, und der Autoverkehr krachte wieder in mein linkes Ohr. Die *Hafez Hassan* Straße war eine kurze Straße, in der wenige Wohnhäuser standen. Es gab Geschäfte und einen Sportclub. Der war aber so teuer, dass nur reiche Ägypter und Ausländer, die auch immer reich waren, ihn benutzten.

„Hey!“, rief jemand von der Seite. „Einen sahnigen guten Morgen! Was suchst ’n du?“

Es war ein Junge auf einem alten Fahrrad. Aubergine lief hin und sprang an seinem langen Hemd hoch.

„Hey, hey!“, sagte der Junge lachend und streichelte sie.

„Einen guten Morgen. Ich suche einen Freund!“ Das kam so krächzend raus, dass der Junge grinste.

„Alles klar bei dir, Mann? Wie sieht der Freund aus? Ich kenn hier jeden!“ Der Junge schlug sich auf die Brust.

Wieder nur Krächzen. „Lang und dünn, Brille. Gaunertyp!“

„Nö, nicht gesehen, aber frag doch mal im Kinderheim! Is’ noch ’n Stück, da vorne hinter dem Sportclub, glaub ich, links rein. Da is’ ’n Wachmann, der sieht alles.“

Kinderheim? Das passte. Schweiger war schon mal im Kinderheim.

„Vielen Dank, Kumpel!“, sagte ich flüsternd. Meine Stimme war wieder weg. Aber das war mir nun egal. Ich schnipste Aubergine zu und lief, wie der Junge gesagt hatte.

Das erste Haus in dieser Straße war schmutzig braun. Am Eingang, einige Treppenstufen hoch, stand ein uniformierter Wachmann. Bewaffnet. Das Gewehr im Auge behaltend, fasste ich mir ein Herz und ging auf ihn zu.

„Ist das hier ein Kinderheim?“, krächzte ich.

Die Augen des Wachmanns spießten mich fast auf. „Wer will das wissen?“

Ich wich einen Schritt zurück. „Ich bin Junis, der Sohn des Zitronenhändlers, und ich suche meinen Freund Schweiger.“

„Tja, da wirst du wohl noch weitersuchen müssen. Hier gibt es keinen Schweiger“, sagte der Mann bedauernd.

„Moment, ich beschreib ihn mal, vielleicht erinnern Sie sich ja doch!“, beharrte ich hustend. „Er ist ein sehr dünner Junge mit einer blauen Kappe und einer Sonnenbrille.“

„Ah ja? Morgen regnet es Aprikosen, und meine Großmutter ist die Kaiserin von China“, donnerte der Mann nun unfreundlich. „Das hier ist ein Mädchenheim, hast du mich verstanden? Glaubst du, du bist der Einzige, der sich reinschmuggeln will?“

Mädchenheim? Ich räusperte mich und klopfte an meinem Schädel. Die Gedanken krachten aneinander. Deshalb kapierte ich nicht. Ein Mädchenheim?

„Ich versteh nicht, äh, gibt es denn auch so was für Jungen in der Nähe?“ Meine Stimme hatte Vogelstatus. Leise und piepsig.

„Nein, nicht in der Nähe, und nun verschwinde hier, hast du mich verstanden?“

Der Wachmann hob seine Waffe und berührte damit meinen Arm. Ich beeilte mich, von der Treppe runterzukommen.

Diese Spur war gar keine Spur. War er vielleicht doch bei einem *Hassan Hafez*?

Ich musste mehr wissen. Mehr verstehen. Ich musste in die Wohnung von Schweiger. So kam es, dass ich bei ihm eingebrochen bin. So fand ich diesen Brief.

Liebe Mutter, bald werde ich dreizehn. Und das vielleicht im Gefängnis. Denn ich habe was Schlimmes getan. Noch kann ich es nicht einmal aufschreiben. Das Schlimme ist sooo schlimm, dass ich von Zuhause weglaufen musste. Bitte verzeih mir. Alle nennen mich nur noch Klobige Prinzessin. Daran ist nur sie schuld. Meine Stiefmutter. Ich bin ein ägyptisches Mädchen ohne Busen, und nun habe ich auch keine Zukunft mehr. Wohin soll ich gehen?

Deine Tochter Aische

Kairo vor der Revolution
Immer noch Winter

Kapitel 9,
in dem Sterne auf dem Asphalt funkelten

Mittlerweile war es Abend geworden. Im Garten maunzte die kranke Katze. Mit dem Brief in der Hand verließ ich Schweigers Zimmer und prüfte dann ihre Augen. Die waren nicht mehr rot, das bedeutete Heilung!

„Das wenigstens sieht gut aus! Hast du Hunger?"

Da bemerkte ich, dass ein Napf neben der Patientenkiste stand. Befleckt mit Futter. Irritiert schaute ich die Katze an. Wer hatte ihr Futter gegeben? Aubergine, die mir gefolgt war, schnüffelte an dem Brief in meiner Hand und bellte. Überrascht stand ich auf.

„Findest du jetzt auch Schweiger?"

Das Hündchen bellte aufgeregt.

Sollte ich gleich jetzt schon los? Nein. Tagsüber war es besser, dann vermutete mich mein Vater in der Schule. Ich bückte mich zum Abschied zu Aubergine und der kranken Katze.

„Tschüss, ihr Beiden!", sagte ich und machte mich auf den Heimweg.

Mein Vater kam gerade vom Gebet zurück. In diesem Augenblick schrie der Esel zum Steinerweichen.

„Nichtsnutz von einem Zwerg, wo warst du den ganzen Tag? In die Schule sollst du, habe ich gesagt, nicht den ganzen Tag herumtrödeln! Warum hat der Esel Hunger? Hast du ihn nicht gefüttert?“

Ich schwieg. Auf meiner Wange brannte noch immer die letzte Ohrfeige. Zu allem Übel war Aubergine mir ins Haus gefolgt und sprang nun um meine Beine.

„Weg“, scheuchte ich. Zu spät. Auberginenaugen und Vateraugen waren dabei, sich zu begegnen. Die Vateraugen waren gefährliche Spieße.

„Was macht der Köter hier?“ Er fixierte Aubergine.

„Vater! Ich muss dir was sagen. Das ist Aubergine. Ohne sie hätten wir den Zitronenwagen niemals gefunden.“

Ich sprach so schnell ich konnte, mein Hals ließ aber nur die Hälfte raus. Mein Vater hörte gar nicht zu.

„Was hab ich dir gesagt, he? Jetzt sollst du mal sehen, was mit Viechern passiert, die sich in meine Wohnung wagen!“

Sein Gesicht wurde dunkel. Er schnappte Aubergine und lief raus. Nein! In meinem Hals pochte es.

„Vater, sie hat den Zitronenwagen gefunden ...!“, wiederholte ich piepsend hinter ihm her, und dann fegte ich auch schon los, denn ich hatte einen schrecklichen Laut gehört. Ein Schmerzjaulen. Ich hörte es durch den Straßenkrach hindurch. Luft bekam ich keine mehr. Ich fand die Hündin reglos auf der Baustelle und leise fiepend. Mir war so übel. Vorsichtig streichelte ich sie.

„Ganz ruhig, ich bring dich hier weg.“

Aubergine schien nur noch aus Herz zu bestehen.

Mein Vater musste sie durch die Luft geworfen haben. Das würde ich ihm niemals verzeihen. Niemals!

„Junis, komm sofort zurück! Oder ... ach, mach was du willst, verfluchter Junge!“

Genau! Nie mehr wollte ich auf ihn hören. Nun war Schluss!

Ich suchte etwas, womit ich Aubergine transportieren konnte. Sie einfach so zu tragen, war gefährlich. Sie hatte möglicherweise innere Verletzungen. Am Straßenrand fand ich einen Teller. Vorsichtig schob ich ihn unter Aubergine. So brachte ich sie zum Garten, wo die Apothekerin im Hauseingang auf einem Stuhl saß. Erst wollte ich wieder verschwinden, aber sie winkte mir freundlich zu.

„Jonny, was machst du hier? Komm, ich tu dir nichts.“ Sie sah Aubergine. „Die kenn ich. Die ist öfter hier, oder?“

Ich nickte und lief schniefend durch das Tor. Woher wusste sie das? Ich hatte gedacht, dass sie den Garten nie betrat? Leise wie eine Maus fiepte die Minihündin. Und die Stimme der Apothekerin war so nett. Ich setzte mich auf den Hocker, ihr gegenüber.

„Aubergine! Sie ist ... Mein Vater hat sie weggeworfen wie Müll, und jetzt bewegt sie sich nicht mehr.“

Und mit piepsiger Stimme erzählte ich von meinem Vater, dem Zitronenwagen und den kranken Tieren. Und dass ich wahrscheinlich todkrank war.

Die Apothekerin blies laut Luft aus, lächelte und dann sagte sie: „Mein Junge, immer langsam. Meinst du denn wirklich, dass ich von den Tieren, die ihr verarztet, nichts weiß?“

Genau in dem Moment kam die kleine graue Katze und strich der Apothekerin um die Beine.

„Siehst du, die kennt mich auch!“

Mir fiel das Futter ein, das sie der Katze hingestellt haben musste.

„Und jetzt gucke ich mir erst einmal deine Hündin an!"

Sie nahm den Teller und hielt ihr Ohr auf Aubergines Bauch. Dann prüfte sie Fell und Augen und tastete sie vorsichtig ab.

Unterdessen betrachtete ich die Apothekerin. Bisher kannte ich nur ihren schwarzhaarigen Kopf im Fensterrahmen. Sie trug ein schwarzes Kleid, Knie und Beine waren nicht bedeckt. Die Füße steckten in blauen Turnschuhen. Sehr modern, dachte ich.

Schließlich sagte die Apothekerin: „Warte hier, ich hole ein Medikament."

Kurze Zeit später kam sie zurück und warf mir Tabletten in den Schoß.

„Hier, das ist für deine Stimme, zum Lutschen!"

Aubergine träufelte sie mit einer Pipette ein Mittel in die Schnauze.

„Ich habe ihr etwas gegen die Schmerzen gegeben. Sie sollte einige Tage ruhig liegen. Bei euch im Haus kannst du sie ja nicht lassen, oder?"

Heftig schüttelte ich den Kopf. Ich schob mir eine der Lutschpillen in den Mund. Sie schmeckte nach Zitrone, und das Lutschen machte mich ruhiger.

„Wir finden eine Lösung! Lass uns mal überlegen!", sagte die Apothekerin freundlich.

Ich verstand nun, warum Schweiger sie immer verteidigt hatte. Sie schien die Vatergesetze für Straßentiere nicht zu beachten. Eine Weile saßen wir schweigend beieinander, während die Nacht im Garten stand, wie ein netter dunkler Mann mit großem Schatten. Die Apothekerin war die Einzige, die Aubergine heilen konnte, sie musste sie einfach nehmen, aber ich sagte es nicht. „... *Manchmal sagt aber das Schweigen mehr als Worte. Im Schweigen kann jemand dein Herzflüstern hören* ...“ So oder ähnlich stand das im Gedankenbuch. Schweigen, das konnte ich nun. Aber konnte mein Herz auch flüstern?

Schließlich sagte die Apothekerin: „Pass auf: Ich kümmere mich um die Kleine hier, ok?“

Ich quietschte in den Garten hinein: „Hurra, hurra, Sie sind die Beste der Welt! Und mein Herz kann also flüstern. Aubergine, du bist gerettet.“

Die Apothekerin lächelte wieder.

„Ich geh jetzt!“ Ein sichereres Versteck gab es gar nicht. Dann platzte ich raus: „Sagen Sie mir, wo Schweiger ist?“

Die Apothekerin schüttelte den Kopf. Aubergine leckte zaghaft ihre Finger. Wieder schwiegen wir beide. Sie wusste es wirklich. Und sie sagte es mir nicht.

„Aber glaub mir: Schweiger ist in Sicherheit!“

„Ich bin doch sein Freund, ich muss es wissen. Egal, was er getan hat!“

Überrascht schaute sie mich an. „Getan? Nein, Schweiger hat nichts getan! Wenn die Zeit reif ist, wird er dir alles sagen, glaub mir!“

Sie stand auf und ging mit der Hündin ins Haus. Was war so schlimm, dass ich es nicht erfahren durfte? Und wenn nichts schlimm war, warum war er dann weg?

„Komm noch mal kurz!“, rief sie aus dem Hausflur. Und dann sagte sie mir etwas Peinliches: „Jonny, mein Junge, du bist übrigens nicht krank! Du bist im Stimmbruch! Bart und Stimmbruch kommen oft zusammen. Du wirst ein Mann! Kein Grund zur Sorge!“ Sie zwinkerte.

Junge, Junge. Peinlich. „Stimmbruch“, hatte sie gesagt. Musste ausgerechnet eine Frau mir erklären, dass ich ein Mann wurde?

„Deine Stimme wird wieder normal. Es dauert nur ein paar Monate. Und dann wirst du sprechen wie ein Mann!“

Aber das war eine gute Nachricht. Wie lange konnte es wohl dauern, bis die richtige Männerstimme kam? Langsam setzte ich mich in Bewegung und betrat die Straße. Egal wann! Nun konnte mich nichts mehr schocken! Vor Freude sah ich Sterne auf dem Asphalt funkeln.

Liebe Mutter, ich musste einen der Goldreifen verkaufen. Das war das Schwierigste. Ich ging in einen Altwarenladen. Der Händler sah mich an und schlug die Hände über dem Kopf zusammen. „Wie siehst du aus?“, hat er gefragt. Ich habe die Schultern hochgezogen. Dann hat er den Spiegel geholt und einen Tee. Am Tag gibt es in Kairo viel Hilfe, nur in der Nacht ist man verlassen. Er zeigte mir seine Toilette, und ich durfte mein blutiges Gesicht abwaschen. Er sagte, für den Reifen gibt es Geld und ein paar Sachen. Ich kaufte neue Kleider und ein Messer. So habe ich mich in einen Hauseingang in der Innenstadt gelegt. Da haben mich die Frauen vom Heim gefunden.

Deine Tochter Aische

Kapitel 10,
in dem ein Telefonat eine neue Spur brachte

„Hey, weißt du, wo Junis der Zitronenjunge wohnt?“

Ein schwarz-weißes Taxi hielt vor mir an. Ich stand noch immer vor dem Haus der Apothekerin. Der Fahrer, mit einem grünen Stirnband um die Glatze gewickelt, grinste mich an. Vom Mundwinkel verlief eine breite Narbe bis zu seinem Ohr. Er sah aus wie ein Pirat, hatte eine Zigarette im Mund, und aus seinem Taxi kamen Rauchwolken.

Ich krächzte: „Ja, das weiß ich wohl, denn ich bin's. Wieso?“

Der Pirat zeigte nach hinten. Da ging die Tür schon auf, und eine bekannte Stimme kam aus dem Rauch. Dazu sprang ein dicker Hund aus dem Wagen. Zwei Arme fuchtelten aus dem Auto heraus in der Luft herum.

„Ehrlicher Esel, Held der Zitronen, einen sahnigen guten Abend! *Yesplies*!“

War es denn die Möglichkeit? Das Taxi hatte Malik ausgespuckt.

„Um Himmels Willen, was machst du hier?“, rief ich erfreut.

„Macht's gut, Jungs“, grinste der Pirat und dampfte ab.

Malik berührte meinen Arm.

„Was ich hier mache? Ganz einfach, *noproblemm*, Zitronendoktor. Ich will meinen Hund verarzten lassen und anderes mehr. Was ist übrigens mit deiner Stimme los?“, fragte Malik, grinste golden, tätschelte an mir rum und hakte sich wie gewohnt ein.

„Meine Stimme, ja, sie ist ...“

„... wie eine Schranktür, *yes!*“, kicherte Malik. „Du hast übrigens versprochen, die Klobige Prinzessin mit mir zu suchen. Deshalb bin ich da. Und wo ist dein Hund? Den brauchen wir. *Yes, yes*!“

Ich zog Malik auf den Bürgersteig vor dem Haus der Apothekerin und erzählte dabei die Geschichte, wie mein Vater Aubergine durch die Luft geschleudert hatte. Enttäuscht trat Malik in die Luft und traf ein parkendes Auto. Unter seiner Sonnenbrille liefen Tränen.

„Verflucht seien die Erwachsenen, *facksedalts*“, heulte er. „Wie sollen wir denn jetzt die Klobige Prinzessin finden? Ohne dein hündisches Genie?“ Malik winselte und sank zusammen. *„Facksedalts*!“

„Was bedeutet das?“

„Werft die Erwachsenen in eine Müllgrube! Das ist gemeint!“, schniefte Malik.

Da hörte ich die Stimme der Apothekerin. Sie lief im Garten herum und redete mit jemandem. Am Telefon. Als hätte mich jemand mit Laser gelähmt, drückte ich mich von Malik weg zurück ans Gartentörchen. Schweigers Name war gefallen. Hatte ich richtig gehört? Ich lauschte weiter.

„Hat Schweiger das gesagt? Gut, dann komme ich morgen, drei Uhr, am Nachmittag. Nein, ich nehme ein Taxi. Ja, ja, natürlich, ich komme. Danke, dass Sie mich angerufen haben. Gott sei mit Ihnen, Schwester."

Eine Hand tätschelte mir im Gesicht herum.

„Und was ist jetzt, Zitronenheld! Sag doch was! Ahhh! *Hörriap.*"

„Warte!", zischte ich und schob Maliks Hand beiseite. Ich musste überlegen. Die Apothekerin hatte mich bestimmt nicht bemerkt. Ich legte meine Hand an mein Ohr. Ich hörte die Haustür. Offenbar war sie wieder hineingegangen.

„Drei Uhr morgen Nachmittag!" Das war es! Die Apothekerin plante, Schweiger zu besuchen. Ich musste ihr nur folgen, aber wie?

„Ha, ha, Zitronenkapitän. Es geht los! Die Prinzessin finden. Mit einem Taxi, *beisewäi*! Und du hilfst mir, hihihi, lalala!"

Malik hockte am Boden, tätschelte Kapitän und kicherte und sang. Ich rieb mir über meinen stacheligen Kopf. Ja, ein Taxi, das war eine gute Idee! Ich zog Malik vom Haus weg. In die nächste Straße.

„Psst, Malik, mein Freund, nicht so laut, die Apothekerin könnte uns hören. Weißt du, ich kann noch nicht, ich, ich muss erst Schweiger finden, vielleicht schaffen wir es nicht rechtzeitig zurück und dann ..."

Mitten in meine Rede platzte Malik. Er ließ einen Laut los, der sich anhörte wie der Schrei eines verwundeten Elefanten.

„Du hast es versprochen, *facksedalts*!"

„Ja, ja, mach ich ja auch! Garantiert, Gott hat's gesehen, aber erst einmal muss ich meinen Freund finden. Er kennt sie außerdem. Vielleicht kann er uns hinführen."

Malik lag wie eine Tüte Gemüse zusammengesackt am Boden. Kapitän leckte ihn am Kopf und fiepte. Ich erzählte Malik leise von dem Brief. Malik klatschte in die Hände.

„Ja, ja, ja, ja, Aische, ja, das ist richtig, ich komme mit!", sagte er fröhlich.

Ich verdrehte die Augen! Eine Suche mit Malik im Schlepptau?

„Gut", sagte ich nach ein paar Minuten, „aber ich brauche erst einmal Geld!"

„*Noproblemm*", meinte Malik übermütig und griff in die Luft, als würde er dort etwas suchen. Und dann schrie er schon wieder. „Mein Geld, mein Geld! Ich hab die Tüte im Taxi vergessen. Und das messrige Messer auch!" Kapitän bellte aufgeregt.

Malik schlug sich wieder und wieder gegen die Stirn. „Kein Geld, weißt du, was das bedeutet?", heulte er. „Kein Essen, kein Taxi, keine Klobige Prinzessin, nie mehr nach Hause! Und den Schuhputzkasten zum Geldverdienen habe ich auch nicht dabei!"

„Und warum holen wir den nicht?“, fragte ich. So weit war das nun auch nicht weg.

Wieder elefantenhaftes Tröten.

„Mein Oooonkel wüüüürde miiiich aufhalten! Es hat schon Ääääärger gegeben wegen neulich! *Facksedalts*!“

Mir rutschte das Herz irgendwohin. Woher Geld nehmen? Bis morgen? Das war wirklich ein Problem. Den Lappen zum Autoputzen hatte ich zu Hause liegen gelassen. Nachdem, was mein Vater Aubergine angetan hatte, wollte ich da nicht mehr hin! Ich spähte zum Himmel, wo ein Eiermond sich über mich lustig machte.

„Ich denke, du wirst erwachsen“, schien er zu sagen, „dann arbeite!“

Ok, dachte ich. Bis zum Sonnenaufgang war es noch lang. Aber die Autos in Kairo fuhren rund um die Uhr. Vielleicht fand ich ja irgendwo einen Lappen.

„Lass uns zur Hauptstraße gehen“, schlug ich vor.

Also setzten wir uns in Bewegung. Eine kleine Karawane. Erst ich mit Herzpfirsich, dann Malik. Kapitän trottete am Schluss.

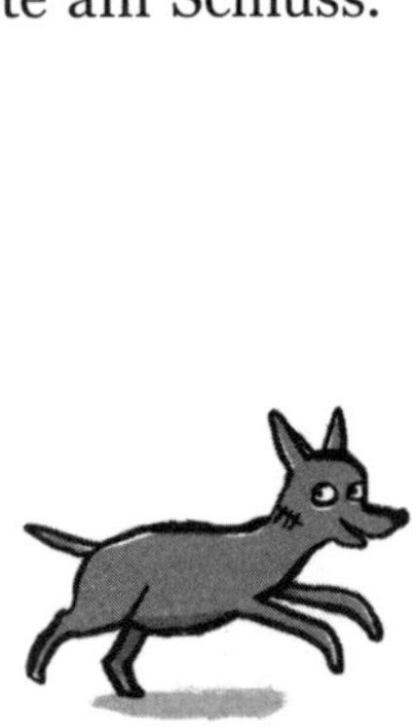

Kapitel 11,
in dem der Mond abhaute

Ich hatte bisher keine richtige Ahnung von Kairos Nächten. Schweiger hatte immer gesagt, Kairo würde niemals schlafen, außer in unserer Straße. Und so war es! Autos, Hupen und viele Männer. Auf wackligen Hockern saßen sie, wie auf Schaukelpferden, spielten Karten, tranken Tee oder standen rum. Rauchten Wasserpfeifen, die nach Pfirsich oder Apfel rochen.

Die Nacht war kühl, ab und zu wehte ein wenig Sand von der Wüste her. Wir waren nicht die einzigen Kinder auf der Straße. Ein Junge, etwa sieben Jahre alt, saß am Straßenrand und verkaufte Taschentücher. Er wackelte komisch hin und her.

„Was hast du, Bruder?", fragte ich ihn. Der Junge war fast eingeschlafen, stellte ich fest, als ich die Hand auf seine Schulter legte. „Hey, Junge, geh nach Hause, schlafen."

Der Junge schüttelte den Kopf und legte ruckartig die Hände auf den Bauch. „Kümmere dich um deine Angelegenheiten, kapiert?", zischte er.

„Der hat Angst vor Zitronen, *dontwörri*!", wisperte mir Malik fliegenhaft zu.

Ich machte mir aber Sorgen. „Hast du Schmerzen, bist du krank? Wir bringen dich zu deinen Eltern, Bruder!"

Von der Stelle, auf die der Junge seine Hände gelegt hatte, holte er nun etwas hervor. Einen kleinen Hammer, den er jetzt drohend hochhielt. „Verschwindet!"

Der Junge hatte streifenförmige Narben am ausgestreckten Arm. Was war dem kleinen Taschentuchverkäufer widerfahren?

„Hör mal, ich helf dir. Wo sind deine Eltern?"

„Ich brauch keine Hilfe, versteh das endlich. Oder soll ich dich mit meinem Hammer unterrichten?" Er hatte die Augen zu Schlitzen verengt, den Mund zusammengepresst und wackelte mit dem armseligen Hammer.

„Komm, Zitronenjunge, dieser hier will keine Hilfe. *Noproblemm*!"

Wir ließen den Kleinen dort sitzen. Mit seinem Unglück und seinem Hammer. Wer weiß, weswegen er nicht nach Hause ging.

So viele Menschen waren noch auf den Beinen, aber niemand nahm von uns Notiz. Als ob wir gar nicht existierten. In manchen Hauseingängen lagen schlafende Kinder. Ich fasste mir an meine Ohren. Gab es denn nur Kinder, die ein Problem hatten? Ich, Malik, Schweiger, das Melonenmädchen, die Klobige Prinzessin, dieser kleine Taschentuchhändler.

Ich spuckte Sand auf die Straße. Herzschwer bemerkte ich, dass wir uns dem Nil näherten.

Die Nachtlichter huschten über das große Wasser wie bunte Glühwürmchen. Trotzdem schmeckte für mich die Nacht bitter. Und ich hörte meinen Magen knurren. Einen Lappen hatte ich noch nicht gefunden. Neben mir erklang leise, aber durchdringend eine singende Frauenstimme. *Umm Kulsum.*

„*... Du meine Liebe, Mahmud, komm heraus, ich habe ein Geschenk für dich ...*" *Umm Kulsum* im Jungenkostüm und blind. Ich musste lachen.

„Mann, Malik! Woher kannst du das eigentlich? Täuschend echt. Vielleicht könntest du Geld damit verdienen!"

Wir waren vor der großen Brücke angelangt. Sie führte in die Innenstadt oder nach *Zamalek*, einem Inselstadtteil, auf dem viele Ausländer und reiche Ägypter lebten. Malik antwortete nicht. Er sang ohne Unterbrechung, während wir über die Brücke liefen. Die Leute auf der Straße drehten sich nach uns um und lächelten. Ich ruderte mit meinen Armen in der Luft. Die Lichterketten eines Boots flimmerten in meine Augen, und ich trommelte einen leichten Rhythmus auf meine Kopfstoppeln. Dumm, dumm, tak dumm, dumm. Passend zum Lied.

„Ja, ja, ja, ja, ja", sang Malik. „*... die Nacht und ihr Himmel ..., ihre Sterne, ihr Mond ...*"

Von der Brücke aus sah ich ein Café, in dem die Leute auf Stufen direkt am Nil saßen. Das sah interessant aus.

Am Ende der Brücke wusste ich, wie wir Geld verdienen konnten.

„Ich hab's! Malik, du singst den Leuten *Umm Kulsums* Lieder vor, und ich sammle Geld ein."

Meine Stimme kiekste immer noch wie ein falsch eingestelltes Radio. Sicher war ich nicht, ob es funktionierte. Aber manchmal hatte man Glück.

Malik verbeugte sich.

„Gute Idee, Zitronenkapitän. Ich werde singen, *werrigutt*. Ha, ich kann alle Lieder auswendig, du wirst sehen! *Hörriap*!"

Kapitän bellte fröhlich über diese Ankündigung. Er zog genervte Blicke eines Mannes auf sich. In dem Moment wurde mir klar, dass diese Aktion nur ohne Hund funktionieren konnte. Hunde machten uns unsympathisch. Mannomann. Langsam war ich Probleme leid.

Mittlerweile waren wir am Eingang des Cafés angekommen. Ein hoher Zaun versperrte uns die Sicht, war aber an einer Stelle geöffnet.

„Hör mal, wir müssen Kapitän verstecken. Ich werde ihm etwas zu fressen organisieren!", sagte ich, denn ich hatte einen Schlachterladen erblickt.

„Ja, ja, ich übe schon mal", kicherte Malik.

Ich ließ ihn stehen und machte mich mit Kapitän zum Schlachter auf. Wenige Minuten später hatte ich dem einen dicken Knochen abgeschwatzt und leinte Kapitän an eine

Laterne auf der anderen Straßenseite. So war der Hund erfolgreich geparkt.

Malik stand immer noch am Eingang zum Café und summte. Dort führte ein schmaler Weg wie ein Steg zu einer Art Kiosk, eine Kasse war das. Darüber hing ein Schild: „Flusshalle".

„Ich peile die Lage", sagte ich zu Malik und schlug mich nach vorn durch. Da standen bereits zwei andere Jungen, die Ansichtskarten verkauften. Sie waren ungefähr so alt wie ich. Aber kein Bart. Einer war sehr dick und hatte dreckige, schwarze Locken. Der andere war kahl geschoren bis auf einen schwarzen Schatten auf seinem Kopf. Beide trugen nur bodenlange graue Hemden und Sandalen.

„Ansichtskarten, ganz billig, und ein Sonderangebot für Sie. Zehn Karten, *werrigutt*."

Die Besucher gingen an ihnen vorbei. Die meisten kauften nichts. Im Gegenteil, manche waren richtig unfreundlich. Eine Frau hielt ihren Zeigefinger in das Gesicht des Dicken und sagte scharf: „*No*!"

Ich beobachtete die beiden und war mir auf einmal nicht mehr so sicher, dass wir hier wirklich Geld verdienen konnten. Mein neuer Bartmut verließ mich. Würden die Leute sich nicht über mich lustig machen? Wegen meiner Stimme?

Die beiden anderen Jungen schauten mich giftig an, als ich vorbeiging.

„Hallo!“, sagte ich, bekam aber keine Antwort.

Am Kassenhäuschen stand ein Wachmann. Er trug eine grüne Jacke mit goldenen Knöpfen und begrüßte jeden Gast sehr freundlich und mit zuckendem Schnauzbart. Als er mich sah, sagte er nicht einmal „guten Abend“.

„Verschwinde, wir kaufen nichts! Das hier ist ein Konzertplatz“, schnauzte er.

Ich schaute an dem Mann vorbei. Ein Weg führte zu den Stufen, die wir von oben gesehen hatten. Ich sprach schnell wie ein Motorboot. Wörterwasserfall.

„Guten Abend, mein Herr, Friede sei mit Ihnen. Ich bin mir sicher, dass Sie Ihren Gästen auch zeigen möchten, was mein kleiner Freund hier Besonderes kann. Mein kleiner Freund singt und jeder glaubt *Umm Kulsum* zu hören, garantiert, Gott hat's gesehen. Ihre Gäste werden begeistert sein und noch viel mehr Tee bestellen und Cola!“

Meine Piepsstimme war verschwunden, stattdessen kam aus mir eine fremde Männerstimme.

Der Türsteher schnaubte und packte mich grob am Hemd.

„Und ich bin der Sultan von Paprika. Und wenn du nicht verschwindest, gibt es hier ein kleines Schwimmkunststück.“

Er zeigte auf das Flusswasser. Schon klar, was er meinte, aber so schnell gab ich nicht auf, obwohl mich der Klang meiner Stimme störte.

„Hören Sie, testen Sie ihn, er singt wie *Umm Kulsum*."

Der Mann schubste mich zurück, ich fiel hin.

Irgendeine Frauenstimme schimpfte. „Sag mal, was fällt dir ein, den Jungen zu schubsen!"

Jemand half mir auf.

„Was sind das für Manieren? Hast du dich verletzt, Junge?"

Ich schaute in ein nettes Frauengesicht mit einem langen, dünnen Zopf.

„Frau Lehrerin", rief ich überrascht und kreischte schon wieder wie ein Esel.

Der Wachmann japste nach Luft und guckte mich böse an. Die Lehrerin zog mich von dem schnaufenden Kerl weg zu einer Theke, von der aus man einen Blick auf den Nil hatte.

„Eine Cola für den Jungen hier", sagte sie und stopfte ihren Zopf in die Jeanstasche. „Was machst du hier? Betteln? Fehlst du deswegen dauernd in der Schule? Schickt dein Vater dich?"

„N...n...nein", stotterte ich und trank die süße, kalte Cola, während die Lehrerin mich anstarrte und mit ihren Augen eine Mischung aus Aprikose und Chili sprühte.

„Alma, komm mal!", rief eine Männerstimme, und die Lehrerin drehte ihren Kopf.

„Ja, gleich! Oh, da singt aber jemand schön, klingt wie *Umm Kulsum*", sagte sie.

Ich verschluckte mich fast an meiner Cola. Das war Maliks Stimme.

„Äh, vielen Dank für die Cola, aber ich muss los!"

Ich machte Anstalten zu gehen. Die Lehrerin schnappte meinen Arm.

„Halt, wo willst du denn so schnell hin? Ich bring dich jetzt nach Hause, und dann rede ich endlich mit deinen Eltern."

„Alma!", rief die Männerstimme noch mal. Sie gehörte zu einem vornehmen Mann in Lederjacke, Lackschuhen und langen Locken. Ein Angeberengel, der die Lehrerin da von mir weglockte.

„Du bleibst hier sitzen!", befahl sie und stand auf.

Sonst tat ich ja meistens, was die Lehrerin wollte, aber diesmal ging es nicht. Ich schleppte mich den Weg zum Ausgang hoch. Dort knubbelte sich eine Menschenmenge. Maliks Stimme drang lauter zu mir. „*... warum bin ich verzaubert von deinem tödlichen Blick ...*" Malik sang und klatschte, aber ich konnte ihn gar nicht sehen. Ich musste mich richtig durchdrängeln. Und zwar durch eine begeisterte Menge.

„Malik!", rief ich, und gleichzeitig wurde mein Gesicht heiß vor Peinlichkeit. Meine Stimme konnte ich echt vergessen. Sie war geradezu abgesoffen. Malik war da erfolgreicher. Um ihn herum hatte sich eine Traube Menschen gebildet, die alle lachend applaudierten und „bravo" riefen.

„Wir müssen weg!“, war mein einziger Gedanke.

Malik war nicht zu bremsen. *„... bist du da, dann lächelt die Welt ...“*

Mit offenem Mund beobachtete ich, wie ein Mann sich zu ihm herabbeugte und ihm etwas zusteckte.

„... durch deine Jugend, auch durch deinen Charme ...“

Malik schwang den Arm beim Singen, genau wie *Umm Kulsum* das immer gemacht hatte. Wieder steckte jemand einen Schein in seine Hand. Er verdiente gerade Geld. Ich fühlte mich auf einmal leicht wie eine Feder. Erlöst klatschte ich mit. Jetzt ging doch noch alles gut aus. Ich wollte mich nach der Lehrerin umdrehen. Aber da fühlte ich eine kalte Pranke von hinten schwer auf meiner Schulter.

„Pass mal auf, Junge. Jetzt reicht's!“

Das war nicht Alma-Lehrerin.

„Wenn ihr nicht sofort verschwindet, lass ich euch einfangen. Und in den Nil werfen.“

Es war die fiese Stimme des Wachmannes. Ich sah das glänzende Wasser hinter Malik. Da schwamm der Tod.

„Und wenn du jetzt schreist, wird's noch schlimmer. Hast du verstanden?“, drohte die Stimme.

Ich dachte an Muna. Wie Krallen bohrten sich die Finger des Mannes in meine Schulter. Der war entschlossen. Ich blickte mich nach ihm um, und ich schniefte und nickte hastig. Er nickte ebenfalls und grinste schief.

„Meine Damen und Herren, entschuldigen Sie, aber die Vorstellung ist für heute beendet“, rief ich laut in die Menge hinein. Mit einer Stimme, tief, wie der eines Mannes.

„Weitermachen“, schallte es aus der Menge.

„Morgen kommen wir wieder, versprochen!“, sagte ich und schob Malik weg. Zur Straße. Malik verstand auf der Stelle und leistete keinen Widerstand. Wir kamen an den beiden Jungen vorbei. In mir und um mich herum witterte ich Gefahr. Die Jungen glotzten immer noch genauso grimmig wie vorher.

„Schneller!“, flüsterte ich Malik zu und zog ihn an der Straße entlang.

Die Stimmen wurden leiser. Nach kurzer Zeit tauchte zwischen zwei Häusern eine Gasse auf. Ich hatte das Gefühl, dass wir verfolgt wurden, aber ich traute mich nicht, mich umzudrehen. Es war schwarz überall. In dieser Ecke gab es kein Licht. Der Eiermond war schon fast verschwunden. Und es roch schmutzig. Fast stolperten wir über schlafende Ziegen, und an den Rändern der kleinen Straße türmten sich die Umrisse von unverschlossenen Mülltüten. Mir wurde übel.

„In so einer widerlichen Gegend war ich noch nie!“ Sprechen machte die Übelkeit schlimmer.

„Ich kann nicht mehr, hier mieft’s, und zwar nach Kacke und Schimmel und Gammel und Rattenpipi, *no-*

plies“, quengelte Malik und ließ sich auf die Straße fallen. „Ich geh keinen Schritt mehr weiter.“

Ich versuchte den Brechreiz unter Kontrolle zu bekommen. Tränen schossen mir in die Augen. Plötzlich trat Malik gegen mein Bein.

„Was ist los?“

„Vorsicht, Junis!“, rief er, hellwach und klar. „Hinter dir!“

Ich fühlte einen Stoß in meinen Rücken. Jemand schubste mich, und ich fiel mit dem Kopf auf eine Mülltüte. Etwas schob sich aus meinem Magen bitter den Hals hoch. Ich saß in der Falle!

„Willkommen, ihr Söhne einer Gurke, das habt ihr nun davon, uns unseren Platz wegzunehmen! Wo ist das Geld?“

Ich konnte kaum atmen, die Stimme gehörte einem Jungen, aber auf meinem Rücken saß ein Elefantengewicht. Ich versuchte, ein paar Worte hervorzuwürgen.

„Was für Geld, Mann, wir sind arme Leute wie ihr, sieht man das nicht?“

„Ha, ha! Hör mal, Nuri. Der Heulautomat hat gesprochen. Noch so ’n Witz, und du bist Gurkenpüree. Klar?“, sagte das Gewicht.

Ich drehte meinen Kopf zur Seite. Auf dem ächzenden, spuckenden Malik saß der kahl geschorene Junge von vorhin, den der andere Nuri genannt hatte. Diese Hunde mussten uns gefolgt sein.

Auf mir saß der Dicke mit dem verfilzten Haar, so viel war klar. Wie viel Kilo wog dieser Elefant? Wenn ich nicht irgendetwas unternahm, würde ich bald tatsächlich Püree sein. Für die Ratten der Stadt ein Festmahl. Ich presste die Lippen aufeinander, in meinem Hals war wieder die Heulkugel.

„Also, was ist, du Heulsuse?“, hörte ich den Glatzkopf.

„Hey, lasst uns in Ruhe, ihr diebischen Diebe, ich gebe euch alles“, bot Malik keuchend an. Seine Stimme klang vor lauter Verzweiflung wie die einer Ziege.

„Sehr gute Idee! *Yella*!“, sagte der Elefant auf mir.

Ich bekam immer weniger Luft und sah langsam Sterne im Müll. Nuri ließ von Malik ab, der dann Geld unter seiner *Galabeya* hervorzog und es wortlos dem Widersacher gab. Der nahm es und zählte.

„Ist das etwa alles?“

„Ja, ehrlich, mehr haben wir nicht, mehr nicht, ja, ja!“, stotterte Malik.

„Dir werde ich den Spaß noch austreiben, du Witzbold, aber“, der Dicke schaute Malik ins Gesicht, „was haben wir denn da? Einen Goldzahn. Kannst du den mal rausmachen?“

Malik jaulte auf. „Niemals nie kriegst du diesen Zahn, du Filzpilz, du Fettling, du ...!“

Ich hörte ein Klatschen.

„Aua! *Facksedalts*“, schrie Malik.

„Keinen Ton mehr, sonst bist du dran!“, sagte der Dicke. „Das mit dem Zahn erledigt ein Freund von uns. Bis dahin wirst du, Blinder, eben noch ein wenig für uns arbeiten. Betteln, Mitleid erregen und solche tollen Dinge. Los, aufstehen!“

Der Verfilzte trat mir vors Knie. „Und dich machen wir noch ein bisschen unschädlich. Und wage es nicht, noch einmal in unsere Nähe zu kommen“, drohte er. „Hier kann nicht jeder betteln, wo er will, kapiert?“

Ich fühlte einen brennenden Schmerz. Eine Faust steckte in meinem Gesicht. Im Auge. Ich heulte auf wie Aubergine, als sie durch die Luft geflogen war, dann verschwammen meine Gedanken. Sie waren Lichtflecken wie auf dem Nil. Gleichzeitig wurde es hell, sehr hell. Ich bin tot, dachte ich und freute mich kurz. Jetzt würde ich Muna treffen. Die lachte ihr sonniges Lachen. Aber das, was da so hell war, war nicht Muna. Es war ein Wagen.

„Verdammte Scheinwerfer, sonst fährt so spät hier nie einer lang. Los, weg hier! Und du, Blinder, kommst mit!“

Ich hörte den Wagen und Männerstimmen. Die anderen knirschten mit Malik weg. Und dann hörte ich nichts mehr. Und ich sah auch nichts mehr. Der Mond hatte sich sowieso schon längst aus dem Staub gemacht.

Liebe Mutter, die Schwester ist klein und rund und sehr nett. Sie hat gesagt, ich soll mir alles vom Herzen reden. Aber ich kann nicht. Eines Tages kam eine Dame ins Heim und hat mich gefragt, ob ich bei ihr wohnen will. Ich wollte aber nicht und hab nicht mehr geredet, einen Tag lang. Und überhaupt kann ich nicht mehr so gut reden. Meine Zunge ist oft wie tot. Eine Woche später hat sie noch mal gefragt. Dann hat sie gesagt, dass sie eine kleine Extrawohnung im Parterre hat. Meine Zunge bewegte sich ein wenig. Nur, wenn ich arbeiten darf, hab ich gesagt. Ich will nichts geschenkt haben! Dann war ich wieder die Stumme. Die runde Schwester und die Dame haben sich angeschaut und geseufzt. Ok, haben sie gesagt. Deshalb bin ich jetzt in Sicherheit. Ich helfe und versorge den Garten, wie du das zu Hause immer getan hast. Nur rede ich nicht mehr viel!

Deine Tochter Aische

Kapitel 12, in dem eine Gedankenkarawane nichts brachte

Von einem scharfen Geruch in der Nase wurde ich am nächsten Morgen geweckt. Und von einem Schmerz. Mein rechtes Auge! Ich konnte es nicht mal öffnen. Jämmerlich, wie ich hier liege, dachte ich. Mit dem noch funktionsfähigen Auge sah ich ein anderes Riesenauge auf mich zukommen. Der Teufel ist schon unterwegs, und Junis der Zitronenjunge ist in der Hölle gelandet, dachte ich entsetzt und erhob mich.

Das Auge leckte an meinem Schuh und fiepte.

„Kapitän, du bist das? Das gibt's doch nicht!"

Daneben lag Malik und schnarchte. Mit einem Schlag fiel mir alles wieder ein. Mein Vater, die verletzte Aubergine, die beiden Jungen, der Stimmbruch, das Geld, *Umm Kulsum*. Und die Apothekerin.

„Malik, wach auf! Wo kommst du jetzt her? Und Kapitän?"

Malik streckte die Arme in die Luft.

„Guten Morgen, nein, einen *sahnigen* guten Morgen wünsche ich dir, Zitronenfreund, *dontwörri*", gähnte er und zeigte auf Kapitän. „Hier siehst du meinen Retter, *yesplies*. Er hat mich wiedergefunden!" Malik erzählte vergnügt: „Mit böser Stimme kam er vom Himmel angeschossen und hat kräftig in nackte Beine gebissen!"

Ich musste grinsen. Vom Himmel? Wahrscheinlich hatte er irgendwann zu kläffen begonnen und jemand hatte ihn losgemacht.

„Ja, mein schlauer Hund! *Noproblemm.* Und dann hab ich Befehle erteilt. Der eine Kerl ist abgehauen, der Feigling! Der andere musste mir gehorchen, weil Kapitän Appetit auf sein Bein hatte. Hahahaha! ‚Los, bring mich zu meinem Freund zurück!', hab ich gesagt, ‚mein Hund hat Hunger und wird nicht lange zögern'. *Yes, yes, yes*, so war's."

Ich lachte mit. Wäre ich doch dabei gewesen. Ich klopfte der schwarzen Melone anerkennend auf den Rücken.

„Und das Geld?"

Malik sang schon wieder.

„Ach, was ist schon Geld? *Noplies!* Einen Morgen voll Jasmin wünsche ich dir, lieber Junis! Einen geldigen guten Morgen!"

Ich verdrehte mein unverletztes Auge. Mein Bein tat weh, ich hatte Hunger, ich wusste nicht mal, wo ich war, und Malik macht Witze.

„Schon gut. Komm jetzt", drängelte ich, „wir brauchen neues Geld."

„Ich habe alle Zeit der Welt und alles Geld der Welt, *ya habibi*!"

Ich ignorierte Maliks Geschwätz und sah mich mit einem Auge um. Wir waren auf einem Müllplatz gelandet, der an einer kleinen Straße lag. Links von uns stand der weiße Kairoturm. Weit waren wir nicht von Zuhause weg.

„Geld, Geld ist nicht mehr nötig", jaulte Malik

Hatte er gar keinen Verstand mehr? Mein Kopf tat mir weh. Mir fiel ein, dass im Gedankenbuch stand, dass das Gedankenmachen manchmal nichts brachte. Manches wurde „*... von der Karawane des Denkens nie erreicht ...*"

Da sah ich, dass Malik sich auf den Boden setzte und seine Sandale auszog. Mit den Fingern klopfte er die Sohle ab. Dann bohrte er zwei Finger in ein Loch in der Mitte der Sohle und zog etwas hervor. Einen großen Geldschein. So einen hatte ich noch nie gesehen.

„Da", schrie er triumphierend, „den hier hat mir gestern jemand gegeben. Er hat ‚Dollar für dich' geflüstert, aber meine Hände und Ohren erkennen Knisterdollar sowieso. Einmal schon habe ich Dollar bekommen. Und als ich sie eingetauscht habe, waren es tausend Pfund. Große Geldscheine kommen immer sofort in mein Schuhversteck. So und jetzt kaufen wir Brot. *Yesplies*!"

Malik drehte sich um und zeigte auf einen Mann, der mit Esel auf uns zukam. Der Esel war mit etwas beladen, dessen Duft ich nun erst wahrnahm.

„Hol uns Brot, Zitronenkapitän!"

„*No problem*, Malik-Mister", lachte ich erleichtert.

Liebe Mutter, heute ist mein 13. Geburtstag. Heute will ich es aufschreiben. Das Schlimme, das ich getan habe. Weswegen mich die Polizei sucht. An dem Tag, als ich abgehauen bin, hatte die Stiefziege mich wieder auf der Toilette einsperren wollen, so wie sie es jeden Tag gemacht hat. Immer wenn Papa weg war. Warum ich es ihm nicht gesagt habe? Sie hat mir gedroht: „Wenn du es ihm sagst, lasse ich den Lieblingsvogel deiner Mutter fliegen!" Sie meinte den Schama. Jeden Abend hat Papa gefragt: „Warum schweigst du, meine Tochter, fühlst du dich nicht wohl?" Aber ich habe keinen Ton rausbekommen. Wer weiß, was sie dem Vogel angetan hätte. In Kairo hätte er sich niemals zurechtgefunden, und Papa hätte es das Herz gebrochen. Sie schob mich in Richtung Klo, und dann hab ich mich blitzartig umgedreht und alle meine Kraft gegen sie geschleudert. Sie fiel mit dem Kopf gegen eine Kommode. Und war bleich mit Flecken wie ein vergammelter Joghurt. „Hilf mir, Elefantin vor dem Herrn, hilf mir!", hat sie geröchelt. „Ruf den Arzt!" „Eine Elefantin kann nicht telefonieren", hab ich geantwortet. Und dann bin ich weg, einfach abgehauen. Ob sie gestorben ist? Ich weiß es nicht, aber das wollte ich nicht. Ich weiß, ich bin schuld, ich habe keine Hilfe geholt. Das ist das Schlimme.

Deine Tochter Aische

Kapitel 13,
in dem Schweiger für immer verschwand

Der Morgen war staubig in Richtung Mittag geschlichen, als wir einige Stunden später in unserem Viertel ankamen. Von der anderen Seite, damit wir mein Haus nicht passieren mussten. Als wir bei der Apothekerin vorbeigingen, stoppte ein Taxi neben uns.

„Schuhputzer, vermisst du was?“ Der Fahrer hielt etwas Knirschendes aus dem Fenster.

„Taxi-Tim und sein Tim-Taxi. Und Tüüüüüte!“, jaulte Malik und tastete nach dem Wagen.

Ich erkannte den Piraten mit dem Stirnband und der Narbe. Malik befühlte die Tüte.

„Wie oft ich schon Ausschau nach dir gehalten habe!“, rief der Pirat erleichtert.

„Hurraika, balleika, alles noch drin, du Tim Taler und Mannihanni!“

„Ja, natürlich, hast du etwa gedacht, ich beklaue einen blinden Jungen?“ Der Taxi-Pirat war nun empört.

„Nein, nein, nein! Danke, danke, du Taxi-Glücks-Tim!“

Auch mir fiel ein Stein vom Herzen. Das bedeutete noch mehr Glück und noch mehr Chancen, Schweiger zu finden!

Malik machte Anstalten, in das Taxi zu steigen. „Taxi-Tim, du musst unser Verfolgungstaxi werden! Ja, den gan-

TAXiTiM

zen Tag, bis wir alle haben, höhöhö! Erst den Stummen und dann das Mädchen."

Ich hielt ihn zurück. Hinter uns hupte jemand.

„Malik, es ist noch zu früh! Wie spät ist es, Taxi-Tim?", fragte ich.

„Gleich halb zwölf, Jungs! Hört mal, ich muss!"

Malik hatte inzwischen die Taxitür geöffnet. Er stieg ein, Kapitän hinterher. Das Taxi fuhr los.

„Malik, bleib hier, wie soll ich jetzt mein Taxi bezahlen? Wir wollten das Ding doch zusammen durchziehen!", krächzte ich verzweifelt.

„Wir kommen wieder, *yesplies*!", jaulte Malik.

Entsetzt schaute ich dem schwarz-weißen Wagen nach. Ich hatte Pech! Pech! Pech! Der kam doch niemals wieder! Vermutlich suchte er jetzt mit dem Taxifahrer und der Tüte die Klobige Prinzessin und holte sich dann auch noch die Belohnung ab!

„Junis, komm hoch und besuch die kleine Hündin! Außerdem könntest du für mich einen Einkauf erledigen."

Die Apothekerin stand im Fenster und winkte. Ich schluckte eine Heulkugel runter und schlurfte die Treppe hoch. Wenigstens Aubergine gab es noch.

Eine farbigere Wohnung hatte ich noch nie gesehen. Das Besuchszimmer war eine Bibliothek und die Tapete hinter den großen Bücherregalen voller bunter Blumen.

Die Lampen waren knallrot und knallgrün. Die Sessel für die Gäste waren pinkfarben mit weißen und goldenen Kissen. Auf einem Tischchen sah ich Gläser und eine Karaffe mit Orangensaft. An der Tür stand ein kleiner Schreibtisch mit Stapeln von Papieren. Ich fühlte es: Hier waren Milliarden von Gedanken zu Hause. Auf einem der Sessel lag die kleine Aubergine, geschwächt, aber mit der Andeutung eines Schwanzwedelns. Ich kniete mich vor den Stuhl und streichelte die Hündin mit meinem Zeigefinger. Sehr leises Pfeifen kam aus ihrer Schnauze.

„Sei vorsichtig mit ihr. Sie ist noch sehr schwach, aber sie wird sich erholen. Willst du etwas Saft? Bedien dich!"

Die Apothekerin zog einen Zettel hervor und schrieb mir eine Liste. Ihre Armbanduhr zeigte zwölf Uhr dreißig.

Noch etwa zwei Stunden hatte ich Zeit, irgendwie an Geld zu kommen. Der kühle Orangensaft machte meine Zunge und meinen Hals süß und frisch. Aubergine schnupperte und hob den Kopf.

„Gib ihr etwas Wasser!", sagte die Apothekerin und zeigte neben den Stuhl, wo ein Schälchen stand.

Ich hielt es Aubergine unter die Schnauze, und sie schlabberte, vornehm wie eine Hundeprinzessin. Ich hätte die Apothekerin küssen können. Wegen Aubergine. Aber das tat ich natürlich nicht.

Die Apothekerin gab mir den Zettel. Ich knutschte Aubergine und verließ die Wohnung.

Als ich eine Stunde später wiederkam, war die Apothekerin weg. Ich starrte auf die schweigende Wohnungstür, hörte das feine Fiepen von Aubergine, stellte die Einkaufstaschen ab, und starrte dann auf das Portemonnaie in meiner Hand. Da war noch einiges Geld drin. Aber ich schaffte es nicht, die Apothekerin, die Aubergine gerettet hatte, zu beklauen. In dem Moment ging unten die Tür.

„Junis, Junis, bist du schon da?“ Sie eilte die Treppe hoch. „Entschuldige, aber ich musste noch einmal in die Apotheke. Ich bin viel zu selten dort.“

Sie nahm mir Geld und Tüten ab und überreichte mir einen Geldschein. Fassungslos schaute ich ihn an. Er war größer als ich erwartet hatte. Für eine Taxifahrt reichte er allemal. Ich bedankte mich, sprang freudig die Treppe runter und lief zur Straße. Dort wartete ich und faltete den Geldschein auseinander und wieder zusammen.

Ein weißes Taxi erschien kurze Zeit später vor dem Haus. Die Apothekerin kam, diesmal in weißer Jacke. Ich duckte mich hinter ein parkendes Auto. Die Apothekerin stieg mit einer großen, grünen Sporttasche in den Wagen. Da hörte ich den Gebetsruf durch die Stadt ziehen. Es musste also etwa zwei Uhr sein. Malik war nicht zurückgekommen. Das Taxi mit der Apothekerin fuhr los, und ich erhob mich, um ein billiges, schwarz-weißes Taxi heranzuwinken.

„Junge, gibt’s ein Problem?“, fragte der erste Fahrer.

Ich wedelte mit meinem Schein, und meine Zunge gab Gas.

„Können Sie bitte hinter meiner Mutter herfahren, sie sitzt dort im weißen Taxi, und ich will sie überraschen, sie hat Geburtstag."

Der Fahrer schaute an mir runter.

„Im weißen Taxi? Feine Frau, deine Mutter!", spöttelte er. Er glaubte mir nicht.

„Ja, genau, bitte fahren Sie, aber bleiben Sie immer hinter ihr, sie darf mich nicht sehen. Sie fährt jetzt ..."

Ich hatte die Wagentür geöffnet und war dabei mich hineinzusetzen.

„Raus aus meinem Wagen, versuch es beim Nächsten", befahl er und zeigte in den Rückspiegel.

Ich drehte mich hastig um, sah ein schwarz-weißes Taxi: Malik und sein Taxifahrer! Erleichtert stieg ich bei Taxi-Tim ein.

„Schnell, das weiße ist es", zischte ich.

„Auf, auf, Zitronenkumpel!", kicherte Malik.

Das weiße Taxi war in die Bäckerstraße eingebogen und kam nun nicht weiter, weil eine Frau Ziegen durch die Straße trieb.

„Danke, liebe Ziegen!", flüsterte ich.

Die stehenden Autos hupten. Taxi-Tim ebenfalls.

Die Frau drängte die Ziegen an den Rand und debattierte mit den Fahrern. Nach einer Weile war die Durchfahrt möglich. Ich ließ das weiße Taxi der Apothekerin nicht aus den Augen. Komischerweise schien sie aber nicht auf die Hauptstraße zu fahren.

„Die will entweder direkt in den Nil oder nach *Agouza*!“, sagte Taxi-Tim grinsend und rauchte.

Ich war überrascht. „In *Agouza* war ich doch gestern erst!“

Also war Schweiger doch dort irgendwo?

Kapitän hockte vor Maliks Füßen. Die Nebenstraße war ebenfalls total verstopft.

„Falsche Uhrzeit!“, stellte Taxi-Tim fest.

Im Schneckentempo bewegten wir uns aus unserem Viertel und ins Nachbarviertel. Nach einer halben Stunde hielt das weiße Taxi an, und die Apothekerin stieg aus. Sie schaute sich suchend um. Hektisch duckte ich mich und zog Malik mit. Dann linste ich vorsichtig raus. Die weiße Jacke mit der Tasche bog zu Fuß in eine Straße.

„Los!“, sagte ich und schubste Malik gegen die Tür.

„Immer langsam, Zitronenkapitän, immer langsam. Warte hier, Taxi-Tim“, nuschelte Malik und stieg aus. Kapitän hinterher. Ich quetschte mich an ihm vorbei, nahm seinen Arm und folgte der Apothekerin in eine stille Straße, an deren Ende ich etwas sah, was mir bekannt vorkam.

Für den Bruchteil einer Sekunde verfolgten meine Augen nicht die Apothekerin, sondern klebten an einem Gebäude.

Und dann war die Apothekerin weg.

„Verflucht! Wir haben sie verloren!“ Mein Blick fiel wieder auf das Gebäude. „Merkwürdig! Hier war ich erst gestern. Genau an diesem Platz. Hier ist das Mädchenheim.“

Malik jubelte.

„Mädchenheim, ja, hier ist die Klobige Prinzessin. Glaub mir, Zitronenprinz, hier ist sie. *Noproblemm*! Führ mich in das Heim. Bitte, bitte, nimm!“ Er gab mir seine Tüte mit dem Geld. „Du kannst alles haben!“

„Vergiss es!“ Ich stieß die Tüte weg. „An dem Wachmann kommst du niemals vorbei!“ Ich wurde auf einmal sehr müde. Hockte mich hin und streichelte Kapitän.

„Was ist los, Zitronenkumpel, nicht ausruhen!“

Malik tastete nach meiner Schulter, um mich anzutreiben. Genervt erhob ich mich und führte Malik zu der Treppe mit dem Wärterhäuschen. Falls Malik Recht hatte, konnte das ja auch mir nützen.

„Vielleicht haben wir ja doch Glück. Da sitzt ein anderer als gestern!“, flüsterte ich Malik zu.

„Was wollt ihr Jungen? Habt ihr etwas verloren?“

Dieser Wachmann war freundlicher. Malik polterte gleich drauf los.

„Einmal Klobige Prinzessin hin und zurück bitte. Ich meine, wir suchen sie!“

„Zur Klobigen Prinzessin willst du? Das geht aber leider nicht. Hier ist nämlich Zutritt für Jungen nur mit besonderer Genehmigung erlaubt!“

Der Mann sprach so, als wäre die Klobige Prinzessin wirklich hier. Malik kramte in seiner Tüte. Da musste der Wachmann plötzlich niesen. Einmal und noch mal und ziemlich laut! *Haaaatschi.*

„Jetzt! Los zur Tür, *hörriap*!“, sagte Malik leise. Wieder musste der Wachmann niesen, deshalb bekam er nicht mit, wie wir mit Hund durch die offene Tür spazierten.

„Mein pfeffriges Spray ist ein Wunder!“, johlte Malik und hielt die Hand hoch.

Ich sah eine kleine silbrige Spraydose. Ein Pfefferspray. Dieser Malik war mit allen Wassern gewaschen!

Die Empfangshalle sah aus wie ein Minibahnhof. Es saßen lauter Mädchen auf Bänken. Sie schienen zu warten oder einfach nur dort zu sitzen. Als sie uns sahen, kicherten sie, schauten schnell weg und tuschelten. Kapitän wedelte fröhlich mit dem Schwanz. Am Ende der Halle stand eine schmale Tür offen. Mir war unbehaglich zumute, und ich wäre gern umgekehrt. Dann passierten zwei Dinge gleichzeitig: Der Alarm ging los. Der Niesanfall des Wachmanns hatte sich offenbar gelegt. Aus dem Raum mit der offenen Tür kamen drei Personen. Eine Schwester, die Apothekerin und ein Junge mit Kappe und Kapuzenjacke. Ich erkannte ihn sofort.

„Junis! Was machst du hier?“, rief die Apothekerin streng.

„Jonny Himmelblau!“, sagte Schweiger, und ich sah, wie sein rechter Mundwinkel Richtung Auge zuckte.

Malik brüllte wie ein Esel.

„Das ist sie, die Klobige Prinzessin! Ich erkenn doch die Stimme. Haltet sie! *Hörriap*!“

Der Wachmann kam auf mich zu und packte mich. Ein anderer schnappte sich den schreienden Malik, und ein dritter jagte den Hund, der erst weglief und dann nach der Hand seines Verfolgers schnappte. Ich bekam noch mit, wie der Mann Malik hinauszog.

„*Noplies*!“

Dann schubste mich jemand in den Raum, aus dem Schweiger gekommen war. Der Griff tat so weh, dass mir die Tränen in die Augen schossen.

„Lassen Sie, er gehört zu mir!“, sagte die Apothekerin jetzt sanfter.

„Armer Jonny“, sagte Schweiger und legte mir die Hand auf die Schulter. „Jetzt ist sowieso alles egal. Ich heiße Aische und bin ein Mädchen! Und *ich* bin die Klobige Prinzessin!“

Ich schaute fragend in Schweigers dunkle Augen.

„Ich hab mich als Junge verkleidet, damit man mich nicht erkennt und findet!“

Was hatte das zu bedeuten? Wie konnte ein Junge ein Mädchen sein?

„Ich geh dann mal!“, sagte ich, weil ich keine Ahnung hatte, was ich sagen sollte. Da war sonst einfach nichts mehr auf meiner Zunge.

„Jonny!“, rief Schweiger. „Bleib doch da, ich erklär es dir!“

Aber mein Gehirn sagte meinen Beinen, dass sie laufen sollten.

Schweiger gab es nicht mehr.

Liebe Mutter, ich habe jetzt einen Freund hier, er heißt Junis und ist ein wahrer König. Er denkt, dass ich ein Junge bin. Er redet sehr viel, das lenkt mich ab. Ich nenne ihn Jonny Himmelblau. Er hat himmelblaue Augen, und er redet das Blaue vom Himmel runter. Ich weiß genau, dass er niemals mit mir befreundet wäre, wenn er wüsste, dass ich ein Mädchen bin. Diese Art Jungen geht Mädchen aus dem Weg. Jeden Tag kommt er an unserem Haus vorbei, und die Schnallen seiner Sandalen klingeln. Wegen seinem Ohr schwankt er manchmal herum. Neulich wurde er zusammengeschlagen von ein paar Jungs. Ich bin hin. Ich hab gar nicht überlegt. Mit der gleichen Kraft mit der ich die Stiefziege von mir gestoßen habe, stürzte ich mich auf die Jungen. Einer nach dem anderen ging zu Boden. „Wenn ihr das noch einmal macht, seid ihr dran", hab ich gesagt. Und ich hab geflucht. Junis hat mich mit fragenden Augen angeschaut und sich bedankt. Seitdem sind wir Freunde. Ich weiß nicht, was passieren wird, wenn er es rausfindet. Junis ist der hübscheste Junge, den ich kenne.

Deine Tochter Aische

Kapitel 14,
in dem ich mich von Stern zu Stern hangelte

Wie ich vom Mädchenheim nach Hause gekommen war, wusste ich nicht mehr. Vielleicht hatte die Apothekerin mich gebracht. Ich sah nur noch Sterne. Was mit Malik passiert war, erinnerte ich auch nicht. Nur eines war klar: Schweiger war ein Mädchen.

Mit Mädchen hatte ich nichts zu tun gehabt, seitdem meine Schwester gestorben war. Ich und ein Mädchen? Tja, da hätten die anderen noch mehr zu lachen gehabt. Nur: Waren mir die anderen nicht egal? Diese, diese Hodenkobolde, hörte ich Schweiger, den es nicht mehr gab, sagen. Mein Kopf drehte sich, weil sich die Welt drehte. Seit wann fluchten Mädchen?

„Er hat Fieber!", hörte ich meine Mutter jammern.

Der Tod steht im Raum, dachte ich. Ich hangelte mich von Stern zu Stern, weil meine Schwester im Himmel Verstecken spielte. Von Stern zu Stern hüpfte sie, und immer wieder rief sie: „Junis, das Leben folgt Sternengesetzen. Kapiert?"

Nein!

Dann roch ich etwas Köstliches. Meine Mutter hielt einen Teller in der Hand.

„Ah, Junis, bist du wach?", rief sie und küsste mich begeistert auf die Wange.

Ich wollte sprechen, aber es kam nichts raus.

„Dich hat es erwischt, aber ich schwöre bei Gott, mir stirbt kein zweites Mal ein Kind. Eher verkaufe ich mich vorher! Oder deinen Vater“, sagte meine Mutter und flößte mir Hühnersuppe ein. Heiß und salzig lief die Suppe in meinen Körper.

„Trink, mein Junge! Die ist sehr gut für dich, und so wirst du bald gesund sein“, sagte sie.

Die Suppe roch nach Knoblauch und Zitrone. Jeder Löffel kam mir vor wie ein kleines gutes Gespenst, das in meinem Körper rumtanzte und Kraft spuckte.

„Dein Vater hat sich Sorgen gemacht. Wo hast du nur das blaue Auge her? Es ist ja schon viel besser geworden. Die Apothekerin hat uns Tabletten für dich geschenkt“, sagte sie.

Blaues Auge? Wieder waren Sterne um mich. Ich sah einen Elefanten und einen Glatzkopf.

Irgendwann wurde ich wirklich wach.

„Ach Junis, schön, dass du wieder da bist. Dein Fieber ist gesunken! Und dein Auge nicht mehr so dick“, lächelte meine Mutter und tätschelte mir die Wangen. „Zwei Tage hast du nur geschlafen, weißt du das?“

Zwei Tage? Mein schmerzendes Auge konnte ich wieder öffnen. Ich befühlte meinen Bart über der Lippe. Weiche Haare.

„Übrigens, du hast Besuch!“

Ich hörte es fiepen. Eine kleine, lila-schwarze Hündin hatte ihre Pfoten auf dem Laken platziert.

„Aubergine!“, krächzte ich.

Die Hündin schlüpfte unter mein Laken und kuschelte sich an meinen Bauch.

„Was machst du denn hier? Wenn mein Vater dich erwischt.“

„Junis, deinem Vater tut es leid. Er hat viel gelernt, glaub mir! Der Hund darf dich besuchen! Und Junis, auch wenn er manchmal merkwürdige Sachen tut, dein Vater liebt dich. Nur vergisst er das leider hin und wieder zu zeigen. Und ich schwöre dir: Er wird dich nie mehr schlagen!“

Sie erzählte, dass sie meinem Vater angedroht hatte, ihn zu verlassen, wenn er mich noch einmal schlagen sollte.

Ich war skeptisch.

Aubergines kleiner Kopf lugte unter der Decke hervor, und sie fiepte mir freundlich zu. Erfreut stellte ich fest, dass sie wieder kerngesund war.

Dann kam *er*! Sein Turban hing wie immer schief auf dem Kopf, und seine Sandalen klingelten über den Boden. Aubergine versteckte sich unter der Decke. Sie zitterte an meinem Bauch. Ich legte meine Hand auf die Minihündin und schaute meinen Vater fest an. Der sollte nicht wagen,

Aubergine anzurühren. Mein Vater hob die Hand, mit der er ein Tütchen festhielt.

„Schau, das hab ich deinem Hund mitgebracht!“

Aubergine kroch unter meiner Hand hervor und schnupperte. Ich schwitzte, wollte grad was sagen, aber dann sah ich, dass mein Vater das Tütchen in eine kleine Schüssel schüttete und vor die Tür stellte. Ich roch Fleisch.

Aubergine blieb misstrauisch bei mir sitzen.

„Komm!“, sagte mein Vater freundlich.

Seine Stimme klang wie *vor* Munas Tod. Das war ja nicht zu fassen! Auf einmal hielt ich es für möglich, dass er Aubergine und mir nichts mehr antat. Also stand ich auf und lockte die Hündin zur Schüssel. In meinem Schatten knabberte sie ihr Futter. Meine Mutter hielt mir ein Paket unter die Nase.

„Die Apothekerin hat etwas für dich abgegeben, sieh hier!“, sagte sie.

Ein Päckchen mit einem Bindfaden. Wie tausend kleine Fliegen schossen Schweißperlen auf meine Stirn. Ich erkannte das Päckchen, das unter Schweigers Bett gelegen hatte. Darin waren noch mehr Briefe. Mittlerweile wusste ich, was sie mit Schweiger zu tun hatten. Er selbst hatte sie geschrieben. Oder besser: sie, Aische.

Kapitel 15,
in dem ich eine Nuss aus Stahl knacken musste

Kurze Zeit später hatte ich alle Briefe gelesen. Dreimal! Etwa fünf Fliegen machten sich an meinem Gesicht zu schaffen, aber ich war nicht dazu in der Lage, sie zu verscheuchen. Nicht mal mein Gesicht bewegen konnte ich.

Nun war alles klar. Warum Aische gelogen hatte und Schweiger wurde. Und was sie alles durchgemacht hatte! Ohne Mutter. Wie mutig sie war, dachte ich plötzlich und spürte ein Gefühl, das ich bisher nur bei Muna gehabt hatte: Stolz!

Aber was, wenn Aische wirklich ihre Stiefmutter getötet hatte. War das dann nicht Notwehr?

Aubergine bellte und sprang aus dem Bett.

„Steh auf, Junis, du bist wieder gesund!", sagte meine Mutter. „Und du hast Besuch."

In der Tür stand Malik. Die Hunde begrüßten sich und tollten in unserem kleinen Haus herum.

„Na, Zitruskerl, wo bist du, höhöhö?", fragte Malik mit Elefantenstimme.

Ich sprang auf und führte ihn zu einem Stuhl. Malik hatte ich wieder mal total vergessen. Was war ich für ein Freund? Malik hatte mich gerettet und mir geholfen, Schweiger zu finden. Und was tat ich? Betreten dachte ich daran, wie er von einem Mann gepackt und weggetragen worden war.

„Malik, wie geht es dir, du siehst großartig aus!“

Er trug einen schwarzen Anzug, eine neue Sonnenbrille mit goldglänzendem Rahmen und ein auffälliges Goldkettchen.

„*Ssänkju*, freundlicher Freund!“, gluckste er, setzte sich und patschte auf dem Tisch herum. „Kann der Gast nur, *yesplies,* ein Wasser haben?“

Ich ging zum Kran und füllte Wasser in ein Glas.

„Danke, du Zitronenkumpel. Taxi-Tim hat mich hierher gebracht. Die Klobige Prinzessin und ihr Vater haben alles bezahlt.“

„Was?“

„*Yesplies*, ich bin wieder in der Villa des dankbaren Kaugummikönigs! Hahaha. Alle mussten einsehen, dass ich unschuldig bin. Und dankbar sein! *Yesplies*! Und mein Kapitän ist der Beste, hahahaha! Wusstest du, *beisewäi,* dass meine Eltern nach Schaf und Knoblauch riechen und glückliche Stimmen haben? Glücklich, ja, ja!“, kreischte Malik und tastete nach dem Wasserglas. „Sie ist weg, fort. Foooort! Die Stiefmutter! Weggelaufen. Und der Kaugummikönig kam, um die Klobige Prinzessin zurückzuholen“, schrie Malik nun so laut, dass die Hunde angerannt kamen und kläfften. „Und hier! Die Kette, siehst du sie? Alles vom Kaugummikönig, ja dankbar, dankbar!“

„Alles gut!“, sagte ich. Und versuchte nun, mir die ganze Geschichte zusammenzureimen, während Malik das Wasserglas Schluck für Schluck leerte.

Aische war etwas kopflos geworden, wollte sofort untertauchen, weil überall nach ihr gesucht wurde. Kurz nachdem sie den Zitronenwagen gestohlen hatte, tat es ihr auch schon leid. Deshalb hatte Aische dem Mädchen den Auftrag gegeben. Dann war Aische erst einmal ins Kinderheim geflüchtet. Inzwischen hatte ihr Vater, der ja eine Kaugummifabrik besaß, deshalb Kaugummikönig, auch selbst seine Tochter überall gesucht, und war – kurz bevor Aische dorthin zurücklief – unter anderem beim Kinderheim vorbeigekommen. Die Betreuerinnen hatten gerade beschlossen, dem Vater Aisches Adresse bei der Apothekerin zu geben. Nun stand aber plötzlich Aische vor der Kinderheimtür, und die Betreuerinnen riefen deshalb den Vater. Aische erfuhr so, dass die Stiefmutter, die sie so schlecht behandelt hatte, gar nicht tot war. Sie war eine Heiratsschwindelerin, die sich eines Tages mit vielen Wertsachen einfach aus dem Staub gemacht hatte. Aisches Vater war krank geworden, aus Kummer über das Verschwinden seiner Tochter und wegen seiner Blindheit der Stiefziege gegenüber.

Jetzt war Aische wieder zu Hause. Malik überreichte mir einen Brief.

Lieber Jonny Himmelblau,
geht es dir gut? Ich hoffe, dass die Hasenhirne vom Heim dir nichts mehr getan haben! Es tut mir leid, dass ich dich belogen habe. Aber manchmal geht es nicht anders. Können wir Freunde bleiben?
Deine Aische alias Schweiger

„Können wir Freunde bleiben?“ Diese Frage schoss pausenlos durch meinen Kopf.

Meine Mutter brachte Tee. Ich starrte sie an, als hätte sie uns Giftsaft serviert, und ich ließ einen kleinen Löffel im Glas klingeln. Meine Mutter sprach mit Malik, aber ich verstand nichts.

Nur immer wieder „können wir Freunde bleiben?“ Das war eine Nuss, die aus Stahl zu sein schien. Ich hatte keine Ahnung, wie man mit Mädchen befreundet sein konnte. Die, die ich von der Straße her kannte, durften es sowieso nicht. Aber Aische schien anders zu sein, und vor allem mutiger als so mancher Junge es war.

Meine Mutter ging zur Tür in den Nachmittag hinein.

„Zitronenjunge, was ist, bist *du* Schweiger geworden? Hahaha!“

Malik lachte mit offenem Mund. Ja, das Schweigen hatte ich inzwischen wirklich gelernt.

„Schreib eine Antwort, *hörriap*, schreib, Taxi-Tim kommt gleich!“

Ich spähte zur Tür. Meine Mutter palaverte mit der Nachbarin, die sich nach meinem Befinden erkundigte. Aubergine sprang auf meinen Schoß, als hätte sie gemerkt, dass ich Sorgen hatte. Konnte ich Aisches Freund bleiben? Ich hatte also mit einem Mädchen Steine gespielt und jongliert. Ein Mädchen hatte mir beigebracht, wie das mit dem Gedankenmachen ging. Ich hatte das alles mit einem Mädchen getan, ohne es zu wissen. Mädchen und Jungen heirateten höchstens, aber befreundet waren sie niemals! Jedenfalls nicht bei uns in der Straße. Oder waren sie es doch und hielten es geheim?

Dieser Gedanke regte mich so auf, dass ich aufsprang und aus Versehen Aubergine vom Schoß schubste. Ich musste genauer beobachten, ob noch mehr Jungen mit Mädchen befreundet waren.

„Hast du ihn?", drängelte Malik.

„Wen?

„Den Brief für die Klobige Prinzessin, *yesplies*?"

„Ja, gleich!"

Ich schrieb Aische zurück: „Mal sehen, dein Jonny".

Kapitel 16, in dem Schweiger mit Wölkchen in den Augen zurückkehrte

Einen Tag später, kam mein Vater abends mit einer interessanten Nachricht nach Hause. Ich war am Vormittag in der Schule gewesen, hatte meine Hausaufgaben draußen vor dem Haus auf der Straße erledigt und las gerade in dem Gedankenbuch, das mir die Lehrerin geschenkt hatte. Ich suchte eine Stelle, die mir das mit der Freundschaft erklärte. Am besten gleich mit Mädchen. Aber dieses verfluchte Buch sprach nur von Freunden, also Jungen. Und plötzlich musste ich an Muna denken. An ihr weißes Lächeln und daran, wie sie manchmal Quatsch gemacht hatte beim Essen, geschmatzt und geprustet, bis meine Mutter die Geduld verloren und auf den Tisch geklopft hatte. Mir fiel ein, wie sie mir eines Tages das Leben hatte erklären wollen: „Junis, mein Schatz, eins musst du wissen: Nichts ist, wie es scheint. Hinter allem steckt immer mehr. Du musst nach dem Kern schauen." Ja, das hatte sie gesagt. Muna, meine Schwester. Sie hatte ebenfalls etwas von Gedanken verstanden. Und das vollkommen ohne Gedankenbuch. Das hatte ich nur bisher nicht begriffen.

Und dann kam mir plötzlich dieser irritierende Gedanke: Freundschaft ist Geld und Besitz egal. Und wahrscheinlich auch, ob Mädchen oder Junge. Ein guter Gedanke, und diesmal hatte ich ihn mir ganz allein gedacht!

Genau in diesen Gedanken redete mein Vater hinein.

„Die reiche Apothekerin hat einen neuen Gärtner!“, sagte er und streichelte Aubergine. Das tat er seit neuestem immer. Ich horchte auf. „Allerdings ist der Gärtner ein Mädchen. Also, wenn ihr mich fragt: Die Apothekerin spinnt! Ist zu lange in Europa gewesen.“ Mein Vater zeigte der Tür einen Vogel.

Ich aber kapierte sofort, dass Schweiger, ich meine Aische, zurück war. Ich riss das unverbundene Auge auf und bemerkte ein seltsames Gefühl. Die Vorstellung, dass Aische wieder im Garten auf der Tamarinde saß, freute mich.

Aubergine lief dicht an meinen Beinen, als ich mich aus dem Haus stahl. Mein Blick stieg zum Himmel, der Mond war dünn wie ein Armreif, besser gesagt ein halber Armreif, und ich musste an meine Schwester Muna denken. Die Sterne perlten um den Mond herum wie ein sattes Grinsen. Ein Strahlen. Ich winkte hoch, als ob meine Schwester auf einem der Sterne sitzen und mich ebenfalls grüßen würde.

Es war fast dunkel im Garten der Apothekerin, aber eins erkannte ich sofort: Schweigers Kappe und seine Sonnenbrille. Aische saß auf der Tamarinde. Sie sah aus wie Schweiger. Sie trug immer noch Schweigers Klamotten, Jeans und Kapuzenjacke. Aber etwas war doch anders.

Schwarz wie Lakritz schauten Haare unter der Kappe hervor.

„Jonny Himmelblau, hast du meine Briefe gelesen?“ Aische hatte die Sonnenbrille abgenommen. Ihre Augen glänzten, es gab aber noch kleine Wölkchen darin. Irgendetwas schien sie zu belasten.

Ich nickte.

„Meine Mutter ist gestorben. Vor fünf Jahren!“

Ja, das hatte ich schon kapiert.

„Bist du wieder zurück, oder nur zu Besuch?“ Ich krächzte auf einmal wieder.

Aische reichte mir einen Kaugummi rüber.

„Mal sehen! Mein Vater spricht mit der Apothekerin. Und er möchte auch mit dir reden!“

Die Stimme von Aische war noch die alte. Ein wenig mürrisch, aber freundlich. Ich wartete ab. Schließlich beugte sich Aische zu mir rüber.

„Mein Vater will dir etwas schenken. Du sollst dir etwas wünschen.“

Der unsichtbare Mond schien zu zwinkern. Wünschen? Was sollte Jonny Himmelblau sich wünschen. Dass Schweiger zurückkäme? Oder Muna?

Ich schaute zum Himmel, diesmal war der Mond verschwunden. Hinter Wolken vermutlich. Der Abend blies sein Windchen über meine Nase, und ich grübelte. Was sollte *ich* mir wünschen?

„Egal, was es kostet!“, sagte Aische in meine Gedanken und nahm die Kappe ab. Dann steckte sie eine ihrer Haarsträhnen hinter die Ohren. Da fielen mir winzige Ohrringe auf. Kleine goldene Kringel. Wie Buchstaben.

Seltsam, mein Kopf war leer wie der dunkle Garten. Das Fenster im Parterre stand offen.

„Ich komme zweimal die Woche wegen Garten und Tierkrankenhaus und ...“

Sie schwieg abrupt.

Ich wusste, was sie sagen wollte. Wegen mir. Fast fiel ich vor Schreck vom Ast. Das war irgendwie bedeutsam. Ich wollte ablenken, das Gefühl war zu seltsam, so, als ob es sich in der Tür geirrt hätte. Vorausgesetzt der Körper hätte Türen.

Also sagte ich: „Aber irgendwas ist noch!“

Aisches Augen wurden dunkel.

„Die Stiefziege hat den Vogel meines Vaters gestohlen. Die Schamadrossel. Erst hatte mein Vater den Pförtner in Verdacht, doch als kurze Zeit später die Stiefmutter verschwunden war, kannte er die Übeltäterin.“

Aische schwieg wieder und schaute zum Haus. Was wollte die Stiefmutter mit dem Vogel?

„Er ist wunderschön, blau-schwarze Federn und goldgelber Bauch. Er singt fantastisch und ist ein Vermögen wert, deshalb hat sie ihn gestohlen. Wenn ich die erwische, findet man ihr Gesicht in einer Suppe!“

Aische drückte einen Kaugummi an den Stamm der Tamarinde. Dann schaute sie mich intensiv an. Diesen Blick kannte ich. Es war der Blick, mit dem Schweiger mich angeschaut hatte, als ich das erste Mal von der Klobigen Prinzessin geredet hatte.

„Mein Vater hat einen Privatdetektiv beauftragt, den Vogel zu finden. Ich hoffe, dass es klappt."

Ich atmete tief ein.

„Wenn nicht, finden wir ihn! Mit Malik und seinen guten Ohren und Aubergine und ihrer guten Nase", sagte ich mit heiserer Stimme.

„Danke", seufzte Aische und gab mir die Hand, die weich wie Katze war.

Kairo vor der Revolution

Im April

Aische und ich sitzen im Tamarindenbaum. Mit unserer Arbeit sind wir gerade fertig. Zwei kleine Katzen habe ich verarztet. Die eine hat eine verletzte Pfote, die andere eine blutige Schnauze. Aische hat den Gummibaum fertig abgestaubt.

Nun kauen wir Kaugummi und machen uns Gedanken über Bäume.

Ich habe übrigens seit einiger Zeit eine neue Frisur. Meine Haare sind wieder gewachsen. Mit dem Gel *for boys*, das Aische mir geschenkt hat, kämme ich die Haare nach hinten. Jetzt sehe ich aus wie ein Schauspieler, findet sie.

Das fühlt sich sehr gut an!

„Warum kann man in Bäumen so gut nachdenken“, frage ich mich und ziehe mein Gedankenbuch aus der Hose.

„*... Bäume sind Gedichte, die die Erde in den Himmel schreibt ...*“ lese ich vor.

Mittlerweile ist das Gedankenbuch ziemlich verknittert und schmutzig, aber es funktioniert noch.

„Siehst du, jetzt hast du deine Antwort“, sagt Aische und streichelt einen Ast.

Malik liegt auf der Gartenbank und schnarcht im Anzug. Er hatte gestern ein Konzert in der Flusshalle. Ganz allein hat er dort mit einem kleinen Orchester Lieder von *Umm Kulsum* gesungen. Bald wird er sicher berühmt sein.

Die Hunde raufen auf der Wiese.

Unsere Stadt Kairo hat die Sonnenstrahlen abendlich verpackt und auf die andere Erdhalbkugel geschickt. Im Garten der Apothekerin ist es nun fast dunkel. Mein Vater ist in der Moschee und die Mutter in dem neuen Gemüseladen an der Hauptstraße.

„Aha, Baumgedichte“, kichere ich.

Es ist immer noch seltsam, dass mein bester Freund ein Mädchen ist.

Die Apothekerin hat gesagt: „Mach dir keine Sorgen, solange es den Vater von Aische nicht stört, ist da nichts Komisches dran. Und das tut es nicht!“

Die Welt hat sich komplett verändert, denke ich und klappe das Buch wieder zu.

Die Arbeit im Gemüseladen hat der reiche Vater von Aische meinem Vater zum Dank verschafft. Ich habe eigentlich nicht verstanden, was *der* für Aische getan hat, aber es geht uns allen nun besser. Meine Eltern verdienen mehr Geld. Mein Vater hat mich nicht mehr geschlagen. Das ist eine Freude, ein richtiger Laden, in dem es natürlich auch Kaugummi gibt!

Jeden Tag gehe ich seitdem in die Schule. Ich hatte mir zwar nichts gewünscht, aber Aisches Vater hat mir trotzdem was geschenkt. Ich gehe seit zwei Wochen auf eine bessere Schule. Eine, auf der man mehr lernt und ich Tierarzt werden kann. Jedenfalls später. Deshalb habe ich nun keine Zeit mehr für den Zitronenwagen. Nur ganz ab und zu beliefere ich eine Deutsche mit Zitronen und Kaugummi. Aubergine ist immer dabei.

Mein Vater ist immer noch nett. Fast so nett wie damals, als Muna noch am Leben war.

Aische und ihr Vater sind in das Haus der Apothekerin eingezogen. Aische hat ihren Vater so lange bearbeitet, bis er eingewilligt hat.

„Vater, ich muss den Garten machen, und außerdem will ich die Apothekerin nicht allein lassen!“, hatte sie gesagt und sich durchgesetzt.

Ihr Vater ist dann so oft bei der Apothekerin zum Tee und zum Besprechen gewesen, dass beide irgendwann beschlossen haben zu heiraten.

Malik wohnt immer noch im Palast. Seine Eltern sehen dort nach dem Rechten, seitdem Aisches Vater ausgezogen ist. Natürlich besucht er uns ab und zu im Garten, und wir lachen über die Abenteuer, die wir gemeinsam erlebt haben.

„Hoho, seid freundlich zu *Umm Kulsum, yesplies*“, pflegt Malik dann zu sagen.

Alles ist in bester Ordnung.

Nur der Vogel und die böse Stiefmutter sind noch nicht gefunden.

„Es wird Zeit“, denke ich und sage:

„Ich denke, dass *wir* die Suche nun in die Hand nehmen. Das geht schneller!“

Aische lächelt mich dankbar an.

„Meinst du, er lebt noch?“

„Ja!“, sage ich und beobachte, wie sich der Mond zu uns auf die Zweige setzt.

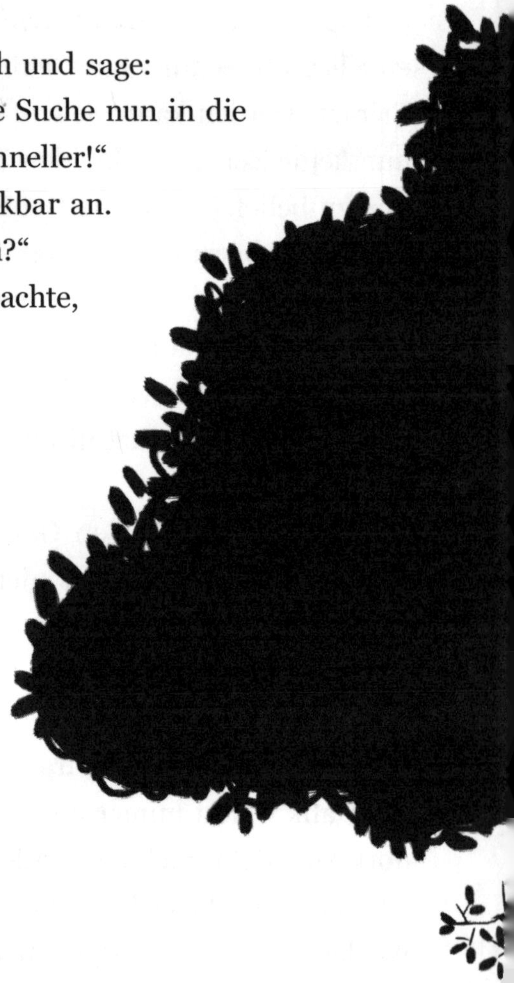

Foto: Pierre Matgé, Tageblatt Luxemburg

Die Autorin

Andrea Karimé ist in Kassel mit dem Klang vieler Sprachen in einem deutschlibanesischen Haushalt aufgewachsen. Wörter und Geschichten faszinierten sie von Anfang an, und bereits als Kind schrieb sie begeistert und sammelte Wörter in vielen Sprachen. Es folgten Gedichte, Tagebücher und Reiseberichte im Jugendalter, aber auf die Idee Schriftstellerin zu werden, kam sie erst später. Zunächst studierte sie Kunst- und Musikerziehung, arbeitete u. a. 12 Jahre an einer Leverkusener Grundschule.

Andrea Karimé lebt in Köln, seit 2007 als freie Autorin, Geschichtenerzählerin und Poesiepädagogin. Für ihre Kinderbücher erhielt sie viele Auszeichnungen, unter anderem den österreichischen Kinder- und Jugendbuchpreis 2012 und das Istanbul-Stipendium der Stadt Köln.

Im DIX Verlag bereits erschienen: „Mu, Wolken und Schlangenglück". Die Geschichte um Jonny Himmelblau ist zweibändig.

www.andreakarime.de

Foto: Alexander Markus Lembke

Die Illustratorin

Nach einem Architekturstudium und einem Jahr Städtebau in Shanghai studierte Franziska Walther Visuelle Kommunikation an der Bauhaus-Universität Weimar. Seit 2006 arbeitet sie interdisziplinär als freie Grafikdesignerin und Illustratorin. 2010 gründete sie die Plattform SEHEN IST GOLD® – ein experimentelles Ideenlabor für gute Gestaltung. Derzeit promoviert sie im Ph.D. Programm Kunst und Design der BUW zum Thema »Illustrierte Belletristik«.

Für ihre Arbeiten im Bereich Illustration und Buchgestaltung erhielt sie zahlreiche nationale und internationale Auszeichnungen, unter anderem den Joseph-Binder-Award 2012 in Gold für das Buch »Peter Schlemihls wundersame Geschichte«.

Franziska Walther lebt und arbeitet in Hamburg und Weimar.

www.sehenistgold.de

Förderung des Buchprojekts: International Writers' & Translators' Centre of Rhodes

Für Gespräche, Tipps und wertvolle Infos im Entstehungsprozess des Buches danke ich Nasreen Abadi, Pilar Baumeister, Anita Bokor, Deborah Helmbold, Ulrike Klausmann und Amir Shaheen.

Quelle Liedzitate:
„Das Herz liebt alles Schöne: Die Lieder der Umm Kulthum", ausgewählt und übersetzt von Stefanie Gsell, Verlag Hans Schiler, Berlin 2004 (ISBN 3-89930-073-4)
(S. 7, 9, 37, 107, 108, 109, 111)

Quelle „Gedankenbuch":
„Khalil Gibran, Sämtliche Werke", herausgegeben von Ursula und S. Yussuf Assaf, Patmos Verlag, Düsseldorf 2003 (ISBN 3-491-50701-4)
(S. 209, 891, 911, 922, 946, 969)

JONNY HIMMELBLAU UND DER MILLIONENVOGEL

Band 2

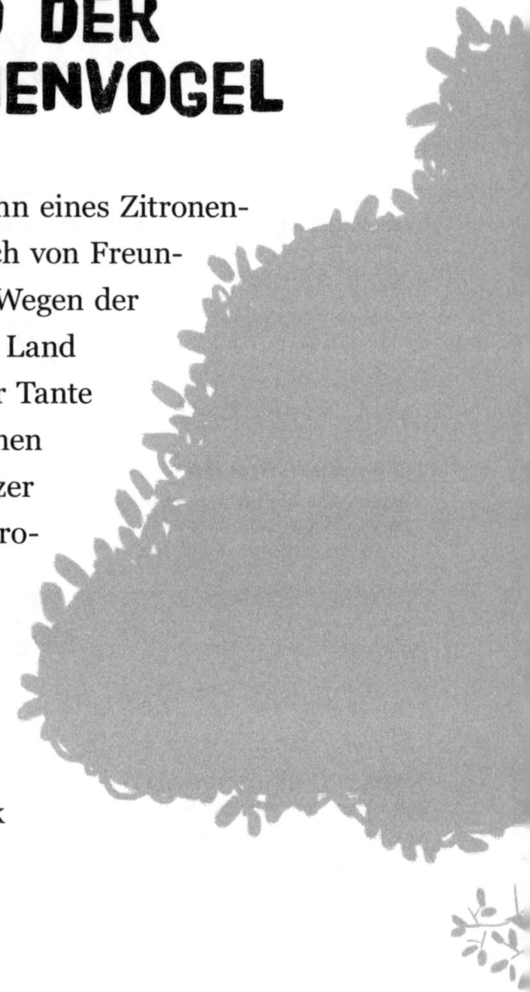

Jonny Himmelblau, der Sohn eines Zitronenhändlers in Kairo, muss sich von Freundin Aische verabschieden. Wegen der zunehmenden Unruhen im Land nimmt ihr Vater sie mit zur Tante nach Deutschland. Zusammen mit dem blinden Schuhputzer Malik jagt Jonny wie versprochen weiter dem wertvollen, gestohlenen Vogel von Aisches verstorbener Mutter hinterher. Wird er ihn finden? Und wird Aische nach der Revolution zurück nach Kairo kommen?

Mit Bildern von Franziska Walther

192 Seiten
ISBN 978-3-941651-02-9

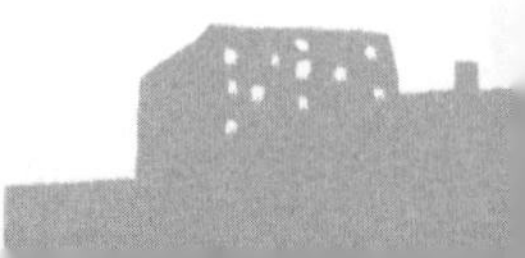